El ojo de la patria

COLECCIÓN NARRATIVAS ARGENTINAS

OSVALDO SORIANO

El ojo de la patria

Editorial Sudamericana
BUENOS AIRES

Diseño de tapa: Mario Blanco

IMPRESO EN LA ARGENTINA

Queda hecho el depósito
que previene la ley 11.723.
© *1992, Editorial Sudamericana S.A.,*
Humberto I 531, Buenos Aires.

© *1992, Osvaldo Soriano.*

ISBN 950-07-0810-8

Hay en este extraño caos que llamamos *la vida* algunas circunstancias y momentos absurdos en los cuales tomamos el universo todo por una inmensa broma pesada, aunque no logremos percibir con claridad en qué consiste su gracia y sospechemos que nosotros mismos somos víctimas de la burla.

Melville, *Moby Dick*

Así avanzamos, como barcos contra la corriente que sin cesar nos arrastra al pasado.

Francis Scott Fitzgerald,
El gran Gatsby

Soy el espía en la casa del amor
conozco el sueño que sueñas
conozco la palabra que quieres escuchar
conozco el temor escondido en lo más
profundo de ti.

Jim Morrison, *El espía*

1

Arrodillado en la penumbra de la capilla, cerca del confesionario, el agente confidencial Julio Carré vigilaba los movimientos del cura que encendía las velas de la nave mayor. Advirtió un parpadeo en el gran candelabro y luego otro, hasta que los cinco cirios estuvieron prendidos y la imagen de Juan el Bautista se destacó entre las demás. Como si rezara, repitió de memoria el poema de Verlaine. Le dolía la cintura y pensaba que quizá se había confundido de capilla. Atrás escuchó los pasos de Pavarotti que se detenía junto a una columna. Hacía más de un mes que lo tenía pegado a los talones, espiando cada paso que daba.

El cura tosió fuerte, se inclinó ante el Cristo y después se perdió en la oscuridad. Carré sintió un estremecimiento pero enseguida lo vio aparecer de nuevo colocándose el escapulario. Se puso de pie y avanzó a tientas, rozando los respaldos de los asientos. Oyó el carraspeo del sacerdote que se acercaba, ahogado por el tabaco. Mientras se inclinaba, repitió de memoria: *Les sanglots longs /des violons de l'automne /blessent mon coeur /d'une langueur monotone...*

¿*Langueur* o *longueur*? Tenía que transmitir el poema de Verlaine pero no se animaba a mirar el papel que llevaba en el bolsillo por temor a que Pavarotti le sacara una foto y le hiciera pasar un papelón en el Refugio.

—¿Destino? —preguntó el cura con una voz lijada por el tabaco.

—El Pampero —contestó Carré y recitó lentamente, cuidando la pronunciación. Al final se decidió por *longueur* y desvió la mirada en busca de Pavarotti. Le pareció verlo cerca de la alcancía, tapándose la nariz con el pañuelo. Hacía dos días que lo notaba resfriado y de mal humor. A veces mientras se observaban en los bares, a través de las mesas, Carré sospechaba que el otro se aburría de seguirlo a todas partes, de compartir su vida gris y sin sobresaltos. Al principio, cuando cerraba la puerta de su cuarto, pensaba que al menos entre esas paredes podía lavarse y dormir tranquilo. Hasta que empezaron los llamados y encontró el primer micrófono disimulado en el cielo raso.

—¿Nada más? —preguntó el cura y sopló el humo a través de los agujeros del locutorio.

—Ni siquiera sé si reciben los mensajes —dijo Carré y recordó la manera en que Nardozza se deshacía de los informes en el subsuelo del Correo Central. Los ponía en la máquina de cortar papel y después les prendía fuego en la bañadera. "¡Inútiles!", gritaba, "¡Manga de inútiles! ¡Me entero primero por los diarios!", y abría la ducha para que arrastrara las cenizas. El caño de la ventilación estaba tapado y el tizne que volaba por toda la oficina cubría los retratos de los padres de la patria. Carré estuvo allí un par de veces antes de partir para Europa y debió rendir examen ante gente que no conocía y que ni siquiera era la misma en cada reunión. Se dijo que también Pavarotti habría pasado por esos largos interrogatorios, intoxicado por el tabaco y el café recalentado.

—Se viene un milagro —dijo el cura y a Carré le pareció que escupía en un pañuelo—. Prepare la valija y espere instrucciones.

Iba a preguntarle de qué se trataba pero el cura se alejó tosiendo. Carré se levantó y salió despacio. Sentía un escalofrío al intuir que Pavarotti se deslizaba en las sombras, confundido con las imágenes de los santos. Como siempre que entraba en una iglesia estuvo tentado de demorarse a rezar un rato pero ése era un error que había aprendido a no cometer. Se detuvo frente al portal, consultó el papel en el que llevaba anotado el poema de

Verlaine y comprobó que se había equivocado. Recitó *longueur* en lugar de *langueur*, pero en el fondo no tenía importancia. Masticó el papel y se lo tragó sabiendo que era una precaución inútil que ya nadie tomaba. Los tiempos habían cambiado tanto que a veces Carré tenía miedo de no reconocerse en su propio pasado.

En el subte dejó pasar dos trenes y se metió en otro justo cuando cerraban las puertas. Sabía que, cualquier cosa que hiciera, Pavarotti no iba a perderlo de vista, que lo tendría siempre encima. Ya era la hora en que cerraban los negocios. Tuvo que viajar de pie, apretado entre un hombre que llevaba puesta una máscara de Bob Marley y una chica de anteojos que leía *Madame Bovary*. En la estación Sebastopol hizo un cambio inútil, que alargaba el viaje y le martirizaba las piernas. Al bajar en Clignancourt vio que Pavarotti salía de la multitud y se acercaba a un quiosco a comprar el diario.

Remontó la cuesta de la rue Custine y en los reflejos de las vidrieras encendidas notó que el saco le apretaba la cintura como a un oficinista rechoncho. Había jurado ponerse a régimen, evitar las frituras en los cafetines y dejar la bebida, pero sabía que eso era imposible. Las amistades y las mujeres le estaban vedadas por el servicio y sólo le quedaban el placer de una copa y la compañía del cigarrillo.

Se levantó las solapas y cruzó la calle entre los coches atascados. Quería pasar por el Refugio a buscar los mensajes, como lo hacía todas las tardes, para no alterar la rutina. La mayoría de las veces sólo encontraba saludos de otros agentes o una carta anónima con una cadena de la suerte. Por superstición no las rompía nunca y a la noche, después de comer, se quedaba escribiendo tantas copias como le pedían. No le gustaba contrariar al destino ni dejar asuntos pendientes. Toda su vida había pasado desapercibido y al fin, sin proponérselo, de esa filosofía hizo su profesión.

En el Refugio fue directamente al baño. El bar era el único sitio neutral de la ciudad y allí se reunían los agentes de todas las potencias para cambiar chismes y jugar al ajedrez. Nunca nadie había utilizado un arma en ese lugar. Era un pacto tácito que sobrevivió a todas las guerras y a los cambios de fronteras durante siglos. Por eso Vladimir el Triste se quedó a vivir para siempre en la mesa del fondo. Mientras orinaba, Carré podía verlo a través de la puerta entornada; estaba ahí desde el día en que se derrumbó el comunismo y nunca más volvió a la calle. Languidecía de a poco, como un malvón olvidado a la sombra. Soportaba las bromas de los más jóvenes, educados en Harvard o Saint-Cyr, que lo utilizaban de casillero para dejar sus mensajes cifrados, los desafíos de ajedrez y los saludos para las fiestas. Cuando se sentaba frente a él, por la madrugada, Carré le adivinaba el miedo en los ojos que atisbaban la puerta como si no estuviera seguro de que todos los que entraban conocieran el pacto de neutralidad. Aunque ningún agente se acordaba de cuál era el motivo por el que debía desembarazarse de él, de tanto en tanto uno de ellos encontraba en el impermeable una nueva orden de liquidarlo en el acto. Carré se mojó la cara, abrió el ventanuco que daba al patio y respiró hondo. Aunque sus mensajes no llegaban a destino descartó que los interceptaran porque estaba seguro de que nadie conocía su clave. Entonces, ¿por qué le habían mandado a Pavarotti? ¿Acaso era una maniobra de El Pampero para confundirlo hasta que se delatara? ¿Delatarse de qué si no tenía nada que reprocharse?

El patrón del bar se acercó a gritarle que lo llamaban por teléfono. Carré pidió un tinto y mientras levantaba el auricular oyó que del otro lado cortaban la comunicación. Eso le ocurría por segunda vez en la tarde; toda la semana había sido igual, día y noche. Esperó a que el patrón le alcanzara el vaso y se acercó a la mesa de Vladimir.

—Se olvidó del *yinbeh* —dijo el ruso con un gesto de decepción.

—Está perdiendo la memoria. El del *yinbeh* era Lapage, que iba a Nairobi. ¿Tiene algo para mí?

Vladimir hizo un ademán vago. Bajo los ojos tenía dos líneas azules que resaltaban el gris de las pupilas. Buscó en los bolsillos del impermeable y sacó un puñado de papeles sucios, sobres doblados y servilletas arrugadas. Los fue separando de a uno, tomándolos por los bordes como si fueran mariposas disecadas y le alcanzó una carta. Carré dejó el vaso y abrió el sobre. Adentro sólo encontró una hoja de papel en blanco.

—¿Quién lo trajo?

—El chico que reparte el diario. —Señaló el sobre:— Ésa es letra de mujer.

—¿Está seguro?

—Una mujer joven. ¿Se queda a jugar una partida? Mire que le doy un alfil de ventaja —dijo como si se aferrara a la compañía del primer llegado.

—Hoy no, discúlpeme. ¿Alguien consiguió ganarle?

—No, a esta altura no hay problema que no pueda resolver. Salvo el mío, claro —dijo, y sonrió con una mueca que le fruncía la nariz.

—Suponga que una noche de tormenta lo saco de acá y lo meto en un barco argentino.

—No podría dar un paso por la vereda sin que me peguen un tiro. Usted es el único que no tiene que matarme. ¿Nunca se preguntó por qué?

—No, yo le tengo mucho aprecio.

—Hasta el tipo del Vaticano recibió la orden. Siéntese, le doy un alfil de ventaja.

—Tengo que irme. Piense en el barco argentino

—dijo Carré y echó un vistazo a sus espaldas.

—Déjeme algo para la cena, ¿quiere? Usted es el primero que viene esta tarde.

Carré pagó el vino y le dejó unas monedas en el sombrero. Todos los agentes hacían lo mismo cuando recibían un mensaje. El patrón guardaba el dinero y el día que los confidenciales se reunían a tomar copas y jugar a los dados los invitaba con quesos y champán. Entrada la noche, ganado por el fervor patriótico, recordaba sus hazañas en el frente del Chad donde había perdido el ojo derecho y un amante argelino. Pero casi siempre Vladimir y el patrón permanecían silenciosos como un viejo matrimonio que ya no espera nada nuevo.

Antes de salir Carré espió a través del vidrio y subió a un ómnibus que lo llevó por el bulevar Barbès hasta la Goutte d'Or. Al bajar constató que Pavarotti lo seguía por la otra vereda, a media cuadra de distancia. Mientras caminaba leía el diario y mordía una hamburguesa. Carré revisó el casillero de las cartas y subió los cinco pisos hasta su altillo desde donde podía ver la cúpula del Sacré Coeur.

Al regresar de una misión en Bruselas se encontró con que le habían desvalijado la casa y desde entonces se arreglaba con unos pocos trastos viejos que compró en un cambalache de turcos. Lo que más extrañaba eran las condecoraciones que fueron su mayor orgullo. La única prueba de que su soledad era útil a alguien. Cuando terminaba un trabajo delicado, El Pampero le transmitía el reconocimiento de sus compatriotas. Lo citaban de noche en una cloaca de París o en una mina cerrada en las afueras de Manchester donde lo esperaban cinco o seis hombres de uniforme indescifrable alumbrados con linternas. Formaban hombro contra hombro y le hacían la venia mientras un oficial viejo le colgaba una condecoración en el ojal y pronunciaba un discurso encendido, unas veces en inglés, otras en alemán. Después le estrechaban la mano, le besaban las mejillas y se llevaban las linternas mientras Carré se quedaba solo y a oscuras entre las pilas de carbón o a orillas del torrente inmundo de la cloaca, apretando en la mano la medalla que nunca podría lucir ante nadie.

Volvía a la ciudad y se paseaba un rato por las calles del centro. Llevaba la condecoración en el bolsillo y caminaba con la apostura de un mariscal que pasa revista a sus tropas luego de tomar la fortaleza enemiga. Después entraba a un cine, sacaba la medalla en la oscuridad y se la prendía en la solapa del saco. Se quedaba así hasta que terminaba la función. Imaginaba que volvía a Buenos Aires y bajaba de un buque con el pecho cubierto de medallas. Al terminar la película, mientras en la pantalla empezaba a desfilar el reparto, volvía a guardar la condecoración en la caja de terciopelo y salía con paso discreto vigilando que nadie se levantara detrás de él.

Los ladrones también se llevaron el estéreo que Carré le había confiscado a un diplomático búlgaro que se pasó a los ingleses. Por las noches, mientras copiaba las cartas de la cadena de la suerte, se cebaba unos mates y ponía una ópera de Verdi o de Offenbach y así estaba hasta el amanecer cuando los otros inquilinos salían a trabajar y él se dormía abatido por el cansancio. Ahora tenía que conformarse con los conciertos de la radio y una copa de jerez, aunque nunca olvidó copiar las cartas ni dejó de despertar a los alemanes. No podía perdonarles que lo hubieran encarcelado por una tontería y cada noche, cuando el reloj de la catedral daba las dos, elegía algunos números al azar en la guía de Leipzig y dejaba sonar el teléfono ocho o diez veces; recién entonces, convencido de que los alemanes se despertaban sobresaltados y sudando, colgaba justo a tiempo para no tener que pagar la llamada.

En la biblioteca tenía pocos libros y entre ellos conservaba, deshojado, un ejemplar de las *Memorias de una Princesa Rusa* que había encontrado años atrás en una librería de viejo de la Avenida de Mayo. De tanto repasarlo se sabía de memoria algunas páginas con los mejores fragmentos y de allí había sacado algunas claves para sus mensajes secretos. Las ilustraciones del libro eran escasas y poco elocuentes, pero él se quedaba largo rato mirándolas hasta que su cabeza volaba a otra parte y permanecía inmóvil, con los ojos perdidos.

Guardaba el libro entre el *Atlas Universel* de la Librairie Hachette y el *Compendio de la República* de 1910, aunque lo asaltaba el temor de que un día otro confidencial pudiera encontrarlo mientras se llevaban su cadáver envuelto en una frazada. Porque intuía que una noche, antes de terminar el vaso de jerez, se quedaría duro, mirando la pared, agarrotado por un dolor en el pecho, como le había pasado al trompetista ciego del cuarto piso.

Encendió la lámpara y fue a ducharse a la cocina. El lugar era tan estrecho que se lavaba de pie, con un hilo de agua. Esa noche hizo lo de siempre: secó el piso con un trapo y se calentó unas salchichas que comió con un pedazo de pan. Abrió una botella de vino blanco que dejaba abajo de la cama para que no se arruinara con la luz y se la tomó de a poco hasta que empezó a hablar solo. Eso era señal de que iba a pasar una mala noche. Le habría gustado ir a buscar a Pavarotti para invitarlo a tomar una copa y bromear un poco, pero no se animaba. Seguramente el otro estaba sentado en la vereda, tiritando de frío o durmiendo en la plaza donde jugaban los chicos. Pero Carré ya estaba desnudo, masajeándose las várices, y todavía tenía esperanza de dormir sin pesadillas. Trabó la puerta con una silla, tomó una cucharada de bicarbonato y se tiró en la cama con un cigarrillo entre los labios.

No entendía lo que pasaba en los últimos tiempos ni estaba seguro de poder anticiparlo a Pavarotti que era más joven y parecía bien entrenado. Por un momento pensó que ya no volvería a la Argentina y tampoco estaba seguro de prestarle buen servicio. Hacía lo que le pedían pero él era sólo un eslabón de una larga cadena invisible. Subía a los trenes y bajaba en la primera estación; entraba en bares inmundos, se cruzaba con desconocidos que le ponían un boleto de ómnibus o una tapa de Coca Cola en el bolsillo, corría de una ciudad a otra, se arrodillaba en las iglesias para recitar mensajes que no comprendía, y una vez, de puro comedido tuvo que matar a un hombre.

Se durmió con el cigarrillo apagado entre los dedos y soñó que alguien lo llamaba desde el hueco de un ascensor. A las cuatro de la mañana lo despertó el teléfono mientras la lluvia golpeaba contra la ventana. Se puso de pie abombado y caminó tambaleándose en la oscuridad. Levantó el tubo y gritó unos cuantos insultos, exaltado por el miedo y la borrachera. Ya iba a colgar cuando oyó la voz del cura, quebrada por los ruidos de la tormenta.

—Terminado, Carré. Muerto. ¿Me oyó? Queme todo y desaparezca que ya pasan a buscar el cadáver.

2

La mañana del funeral fue gris y destemplada. Carré llevaba un sobretodo viejo y un sombrero de fieltro para protegerse de la nieve. Desde su escondite alcanzaba a ver el montículo de tierra húmeda y la cruz de madera ordinaria. Entre los cuatro desconocidos que rodeaban el ataúd había una rubia vestida de negro. Un cura regordete masticaba chicle y rezaba en latín. Los otros dos llevaban trajes oscuros y el más alto sostenía un paraguas tan grande que los cobijaba a todos. De vez en cuando la mujer se apartaba el velo para estornudar y sonarse la nariz. El cura calzaba galochas y se envolvía con una bufanda negra. Mientras decía la plegaria sacudía una polvareda de incienso que la brisa se llevaba hacia la arboleda cercana. El más petiso, que tenía el pantalón enchastrado hasta las rodillas, sostenía una corona de flores como si fuera un maletín. La rubia, que había seguido la ceremonia con la solemnidad de un coronel de infantería, hizo una señal con la mano en la que apretujaba el pañuelo. Al rato, arrastrando cuerdas y palas, aparecieron dos sepultureros que venían de escuchar a los chicos que cantaban frente a la tumba de Jim Morrison.

Mientras bajaban el ataúd, Carré no consiguió disimular su tristeza. Se dijo que al menos podrían haber contratado a las lloronas del barrio para mostrarle un poco de afecto. Su entierro era tan insignificante y desgraciado como el de Oscar Wilde, que tenía una estatua desnuda y tiesa al fondo del sendero. Por lo menos al escritor lo había acompañado un perro callejero y los confidenciales británicos le sembraron un cantero de petunias que utilizaban para entregar sus mensajes a los enlaces de la *Security*.

Al ver que los peones echaban las primeras paladas de tierra, Carré sintió un desfallecimiento y tuvo que apoyarse en el ala de un querubín para no perder la compostura. Ni siquiera advirtió que su sombrero rodaba por el suelo y abría un delgado surco sobre la nieve. Parado allí, con el corazón apretujado, sin saber lo que haría al volver a la calle, se preguntó quién ocuparía su lugar. Quizá habían puesto un montón de piedras o el cuerpo de un perro reventado por el frío, como solían hacer los polacos y los búlgaros.

La noche anterior, después de atender el llamado, se metió en el bolsillo la pistola y el libro de la Princesa Rusa y se precipitó escaleras abajo para esconderse en el bar de la Gare du Nord. No percibió ninguna señal de Pavarotti. Al amanecer, para estar seguro de que ya no lo seguía, se acercó a su casa y encontró la puerta del edificio abierta de par en par. A la entrada alguien había colocado una ofrenda de flores, un horario de inhumación en el cementerio del Père Lachaîse y una urna para dejar las condolencias. Como no estaba seguro de que alguien le llevara el pésame, Carré tomó una tarjeta en blanco, escribió un nombre de mujer y la echó en la urna. Más tarde, mientras esperaba el ómnibus, sintió la irresistible tentación de asistir a su propio entierro. Todavía no podía hacerse a la idea de que estaba fuera de la vida, de que tendría que penar para siempre como un espectro de carne y hueso al que nadie puede ver.

Pensó en lo que diría su padre si pudiera verlo. Recordaba una pesadilla que había tenido en la cárcel de Alemania: se perdía en un bosque y corría a tontas y a locas hasta que caía en un pozo lleno de arañas y murciélagos. Gritaba aterrorizado llamando a su padre que pagaba las cuentas de la vida en una ventanilla donde hacían cola decenas de hombres y mujeres sin cara. Entonces el padre se acercaba y le ponía la mano sobre la cabeza. Todavía sentía la dulzura de la mano. Casi no conoció a su padre pero lo imaginaba por la foto en blanco y negro que su madre le había dejado en la pieza. Muchas veces se preguntaba cómo había sido aquel hombre cuando tenía su edad y llegó a la conclusión de que pasó sin contar para nadie, sin dejar huellas en el camino. En la foto aparecía como de treinta y cinco años, bien afeitado, con una corbata de nudo intemporal, peinado de época antes de que se llevara el corte de los yuppies. Era un hombre que no llamaba la atención. Tal vez se conformaba con tener al día los expedientes de Vialidad y llevar el sueldo a casa. Pero, ¿con qué soñaba? ¿Deseaba a otra mujer? ¿Tenía enemigos? ¿De qué cuadro era? Durante los años en Buenos Aires Carré sintió la vida como un espacio vacío. Tenía algún conocido pero no amigos de verdad. Le enseñaron a amar confusamente a la patria, pero nunca soñó con representarla en un país lejano. Pronto asumió su infortunio con las mujeres y de tanto en tanto iba a buscar consuelo en los alrededores de Constitución. A veces sospechaba que también su padre había acudido a esos hoteles baratos para olvidarse de algo. ¿Pero de qué? No estaba seguro de que lo hubiera hecho feliz ver a su hijo trabajando de espía en París. Aunque sin duda las medallas lo colmarían de orgullo si hubiera podido verlas.

Miró a su alrededor y no vio más que al cura y los falsos deudos que se persignaban frente a la tumba. La rubia recogió con elegancia el vestido que le llegaba a los tobillos y abrió la marcha por el sendero de lajas. Tenía los tobillos bien formados y un gran agujero en la media derecha. El hombre alto fue tras ella y la cubrió con el paraguas mientras el cura aplastaba el chicle sobre una tumba vecina. Carré recogió el sombrero, lo limpió con la manga del sobretodo y lo que vio entonces no iba a olvidarlo jamás. El cura volvió sobre sus pasos, se arremangó la sotana y a favor del viento y la nevisca se puso a mear muy orondo sobre la tumba recién cerrada. Carré se mordió el puño, ciego de furia, y trató de grabarse los rasgos del meador solitario. ¿No lo había cruzado antes en el Refugio o en la fugacidad de una cita clandestina? ¿O se parecía a uno de los tantos desconocidos que le pasaban mensajes para otros desconocidos? Lo vio partir tosiendo, rascándose la cabeza por debajo de la gorra, y alcanzó a registrar que el pelo era negro y lo llevaba bien cortado.

Salió del escondite arrastrando la pierna agarrotada por las várices. Apretaba en el bolsillo el libro de la Princesa Rusa y no pudo contener un gesto de asombro. Su nombre completo estaba grabado en la cruz, como si fuese el de un tipo cualquiera, de esos que tienen familia y un domicilio conocido. Sacudido por la sorpresa, sólo atinó a quitarse respetuosamente el sombrero y a levantar la corona caída en el barro.

No prestaba atención a las voces que cantaban los versos de Morrison. Pensó en arrancar la cruz que delataba su identidad pero comprendió que sería inútil ya que el mensaje estaba dirigido a la red y a nadie más le importaba su existencia. Pero, ¿por qué El Pampero había decidido matarlo así? ¿Por qué no lo habían liquidado de verdad como hacían los ingleses que empujaban a los suyos bajo las ruedas del subte, o los alemanes que aparecían flotando en el Sena después de una noche de juerga? ¿Lo consideraban tan insignificante que ni siquiera merecía que le dispararan una bala en la nuca? Acomodó la corona y se dijo que lo mejor sería esconderse en alguna parte y esperar nuevas instrucciones. Después de todo, el Jefe le había dicho que él sería el ojo de la patria en las puertas del infierno. Quizás esa noche en el Refugio alguien sentiría un poco de pena por él, aunque no estaba seguro. Cerca, dos viejos limpiaban un cantero y arrojaban flores marchitas en el cesto de la basura. Antes de irse Carré se agachó a despegar el chicle con las marcas de los dientes del cura. Lo envolvió en el pañuelo y juró sobre su propia tumba que no iba a descansar hasta encontrar al hombre que había profanado su última morada.

3

Subió al último vagón del subte y se durmió recostado contra un borracho. Lo despertó la voz que anunciaba el arribo a la terminal. Afuera la nieve se había convertido en un granizo finito que se deshacía con el viento. Salió a la calle y cruzó la plaza desierta. Empezaba a darse cuenta de que estaba del otro lado de las cosas, en el lado oscuro. Se consolaba pensando que todavía figuraba en la nómina de empleados del servicio, allá en el subsuelo del Correo Central.

Entró en un bar, pidió un vaso de vino blanco y llamó a su casa. Le respondió el contestador automático de una inmobiliaria que ofrecía el departamento en venta. Se quedó unos minutos cavilando, con la mirada perdida. Por fin iba a saber qué había después de la muerte. En el Refugio circulaba una leyenda sobre los gloriosos tiempos de la

Guerra Fría. En aquellos años la CIA simulaba asesinar a sus espías más inteligentes para reciclarlos en misiones de altísima complejidad. Pero Carré sabía que él no era inteligente. Le hubiera gustado descubrir una conspiración contra la Argentina o interceptar un informe sobre la fusión nuclear, pero no le daba la cabeza. Por más que consultara las enciclopedias nunca logró entender la diferencia entre fusión y fisión. Dios le había negado el don de la inteligencia pero le concedió el de la imaginación. Jamás descubrió un complot ni capturó una fórmula que valiese la pena. En cambio inventaba intrigas bastante creíbles como para justificar que El Pampero le pagara un sueldo y lo mantuviera en Europa. Por fortuna a la Argentina no le interesaba la ciencia, que obligaba a otros confidenciales a interceptar y descifrar complejas ecuaciones escritas en dialectos del Japón. Aunque el comunismo estaba en pleno desbande, El Pampero sostenía que todo era una inmensa patraña de los rojos para dar el golpe definitivo contra el mundo libre. Entonces Carré imaginaba reuniones secretas y falsificaba mensajes de Pekín o La Habana que alimentaban la paranoia del Jefe.

Esa tarde, apoyado en la barra, con la mirada en el fondo del vaso, se preguntó si era Pavarotti quien había descubierto que mandaba mensajes falsos. Vigilaba a los que entraban y salían del bar con las máscaras puestas. Pensaba cómo mandar una señal a Buenos Aires para que supieran dónde ubicarlo pero se distrajo al ver un Mercedes que se detenía junto a la vereda. Un pelirrojo alto, de impermeable, bajó levantándose las solapas y el coche arrancó enseguida. El hombre empujó la puerta del bar y se dirigió al teléfono. Carré lo reconoció de inmediato. Un mes atrás Vladimir el Triste le había ganado dos partidas de ajedrez en el Refugio y el tipo hizo un escándalo con el pretexto de que el patrón le silbaba en la oreja y no lo dejaba pensar tranquilo. En el forcejeo de la gresca Carré le robó una lapicera de oro y una tarjeta de crédito con un mensaje en código que no pudo descifrar.

Cuando lo vio acercarse saludó inclinando la cabeza pero el otro lo ignoró como si pasara al lado de un perchero. Marcó un número largo y habló en voz baja, sin pausas; sólo levantó el tono para repetir la palabra *kaput*. Después pidió un *pastis* y lo tomó de pie, casi codeándose con Carré, hasta que el Mercedes volvió a buscarlo. Carré ordenó otro vaso de vino y se lo tomó de un trago. Recién entonces se sintió un poco mejor. Concluyó que el pelirrojo lo ignoraba porque la red creía que estaba muerto. *Kaput, dead, mort.* Imaginó los télex, los fax, los comentarios, y sintió un cosquilleo de vanidad. Al menos por un rato todos los confidenciales del mundo estarían ocupándose de él, tachando su nombre en las agendas, informando a sus contactos que la Argentina había decidido hacer un enroque en París.

Pero, ¿se trataba de un enroque? ¿Pavarotti venía a ocupar su lugar o El Pampero había decidido retirarse de Europa? Otras veces le avisaron que debía desaparecer por un tiempo, que había tenido un accidente en Praga o estaba preso en Estambul y eso lo obligaba a retirarse al campo hasta que le confiaban una nueva misión. De vez en cuando iba a echar un vistazo a las reuniones de los ecologistas y a los conciertos de rock para matar el aburrimiento. Luego les vendía sus informes a los agentes de Washington y de Londres que los compraban por temor a que se les escapara algún dato menor. Poco a poco se atrevió a inventar conspiraciones contra los gobiernos de aquellos agentes que disponían de caja chica en París, pero recién se ganó el respeto de toda la red el día que suprimió a un confidencial yugoslavo que se había quedado sin país. Era un chantajista cargoso que andaba metido en el tráfico de droga. Una noche en el Refugio tiraron los dados para decidir quién se encargaría de eliminarlo y el número más bajo le tocó a Vladimir el Triste. Carré comprendió que los otros habían hecho trampa para obligarlo a salir del bar y por compasión o vanidad se ofreció a reemplazarlo. Encontró al yugoslavo una tarde en los largos pasillos del Centro Pompidou, mientras acompañaba a un espía de Sony que seguía a un ingeniero de Panasonic. En su lugar un profesional hubiera usado la cerbatana o el alfiler envenenado, pero Carré no sabía hacer otra cosa que tirar al blanco y le disparó sin silenciador a veinte pasos de distancia. Esperó a que se desplomara y se fue con los turistas que se desbandaban por las escaleras. Desde entonces la red empezó a tenerlo en cuenta y a confiarle trabajos más o menos arriesgados que le dejaban algún dinero para el alquiler y las carreras.

Salió del bar cuando anochecía y había dejado de granizar. Las veredas estaban enchastradas y resbaladizas. De los toldos caían gotas frías y gruesas que se rompían contra los paraguas. Una brisa helada barría los cruces de los bulevares. El campanario de Saint Sulpice sonó nueve veces y Carré se dijo que era hora de buscar un lugar discreto donde pasar la noche. En ese momento sentía, además de dolores en las piernas, el agitado sobresalto de su corazón. Lo habían dejado sin casa, sin instrucciones ni contactos y no podía volver al Refugio. Se detuvo a prender un cigarrillo y aprovechó para mirar atrás. También Pavarotti había desaparecido.

A la vuelta de una calle muy corta vio un hotel que pasaba casi desapercibido. Contó la plata que le quedaba y subió por una escalera angosta. Estaba acostumbrado a dormir en las pensiones más miserables pero nunca había pasado una noche sin su cepillo de dientes, la pomada para las várices y un piyama limpio. En el primer piso encontró a un africano con cara de pocos amigos que leía una revista al lado de la estufa. Carré le alcanzó el documento falso y preguntó si alguien podía secarle la ropa y lustrarle los zapatos.

—¿Acá? —dijo el africano—. No me haga reír.

Carré le dio una propina para que le subiera otra frazada y se inscribió como corredor de seguros. Luego fue hasta el tercer piso tomándose de la baranda, tosiendo y con las tripas revueltas. Se dio cuenta de que sudaba. En los rellanos, frente a los retretes, colgaban bombitas polvorientas que apenas permitían ver los escalones. Encendió la lámpara de la habitación y por rutina examinó el placar, miró debajo de la cama y abrió el postigo. De repente tuvo un mareo y empezó a vomitar el odio espeso que le quemaba el estómago. Tiritaba por el mareo y no bien las convulsiones le permitieron un respiro miró hacia los techos vecinos para calcular, como lo hacía siempre cuando llegaba a un hotel, desde dónde podían tirarle un balazo.

Se quitó la ropa empapada, colgó el pantalón en el picaporte y se envolvió con la manta. Cuando se miró al espejo advirtió que llevaba el sombrero puesto. Salió al pasillo a llenar una jarra de agua y aprovechó para ir al baño. Agachado en la oscuridad, oyó que alguien andaba por el pasillo; supuso que sería el africano que le traía la frazada y le gritó que la dejara sobre la cama. Prendió el encendedor para buscar un pedazo de papel y vio que por la pared bajaba una cucaracha flaca, desgarbada por el invierno. Llenó la jarra de agua y volvió a la pieza encorvado como un viejo.

Sentada en la cama, con las piernas cruzadas, esperaba la rubia que había visto en su entierro. Llevaba el mismo vestido largo y no había tenido tiempo para retocarse el maquillaje. Entre las manos apretaba un ramo de narcisos. Carré la miró desde el hueco de la puerta, descalzo, perplejo por la rapidez con que lo habían encontrado. ¿Qué podía pasarle ahora que estaba muerto y sepultado? Del susto la jarra se le escapó de la mano y al golpear contra el piso le hizo dar un salto. La mujer se levantó, cerró la puerta y colgó la cartera en el respaldo de la silla.

—Vaya, acuéstese que se va a resfriar —dijo.

Carré se metió en la cama, lívido. Había reconocido el acento de Buenos Aires y advirtió que estaba a merced de esa mujer de pelo teñido. La miró pasearse por el cuarto y se arrepintió de no haberla golpeado con la jarra cuando le daba la espalda.

—Alcánceme los cigarrillos, ¿quiere? —atinó a decir—. Están en el saco.

La rubia sonrió con unos dientes parejos. Abrió

la cartera y sacó un paquete de Gitanes. Carré alcanzó a ver, entre llaves, papeles y pañuelos, el caño azulado de una pistola idéntica a la suya.

—Vamos, Carré, sáquese el sombrero que parece un dandy borracho.

Le extrañó escuchar el nombre de cuando estaba vivo. Se quitó el sombrero e hizo ademán de ponerlo sobre la mesa de luz. Como ella no se movió, Carré aprovechó para tomar el velador y arrojárselo a la cara. La rubia levantó la mano con los narcisos y la habitación se llenó de pétalos rotos. Carré la vio rodar y se abalanzó sobre la cartera, pero el arma ya no estaba ahí.

Tendida en el suelo, con el pelo revuelto, la rubia jadeaba como si acabara de hacer el amor. En una mano tenía la pistola con el gatillo listo. Antes de desvanecerse Carré reconoció aquella media negra con un gran agujero arriba del tobillo.

4

Sintió que lo abofeteaban y al volver en sí se encontró con el caño de la pistola apoyado en la nariz. La rubia tenía la marca del golpe en un brazo. Apretaba el gatillo con firmeza.

—Lo lamento pero vengo de lejos y traigo malas noticias —dijo sin levantar la voz.

Carré quiso tragar saliva pero la pistola lo ahogaba. Seguía sobre la cama, tembloroso y desnudo, listo para recibir el tiro de gracia. La mujer apartó el arma con cuidado y la dejó sobre la almohada.

—El Aguilucho le manda su más sentido pésame.

Carré se aplastó contra el respaldo, boquiabierto.

—¿Qué tiene que ver El Aguilucho?

—Venían a matarlo y tuvimos que sacarlo de

circulación —suspiró—. No se amargue, mañana va a tener una linda tumba, con estatua y todo.

—¿Usted para quién trabaja?

—Ya se va a dar cuenta. Yo me lo hacía más flaco, Carré. Leía sus informes y pensaba: éste es un tipo alto, flaco, medio maniático y con veleidades de poeta.

Carré miró la pistola y sonrió sin ganas.

—¿Cómo sé que puedo tenerle confianza?

—No tiene que confiar, tiene que cumplir órdenes.

Era esbelta y con ropa ajustada habría llamado la atención en la calle. Sólo el teñido era vulgar, como los que Carré estaba acostumbrado a ver en Buenos Aires. Se dijo que antes de seguir adelante tenía que someterla a la prueba de identidad que recomendaba el servicio. Tiró la cabeza atrás para librarse de la pistola y le escupió la pregunta.

—A ver, ¿cuál es la continuación de la calle Pasteur?

—Pichincha. No me venga con esas pavadas.

—Agarré a más de un agente falso así. ¿La capital del Chubut?

—Rawson, ¿no?

—Está bien. ¿Cómo tengo que llamarla?

—Como más le guste. Mandé al sereno a una farmacia de turno porque pensé que íbamos a tener un altercado.

—¿Olga le parece bien?

—Si a usted le suena... ¿Notó la gentileza? Ahora mandan flores y una dama que llora.

—No, usted no lloraba.

—A mi manera lloraba. Los suyos eran los mensajes más poéticos de todo el servicio. A propósito, tenemos que chequear sus códigos porque nunca los pude descifrar.

—¿Tiene importancia?

—A veces sí. Al tipo que lo seguía lo interceptamos porque el agente de Madrid fue claro.

—¿Tenemos un hombre en Madrid?

—Teníamos. Lo degollaron en Atocha con una lata de Pepsi. Él lo llamaba Schwarzenegger al chico ese.

—¿A Pavarotti? ¡Nada que ver! Es morocho y gordo.

—Ya ve, todo es según el ojo. El de Madrid lo describió alto, rubio y bronceado.

—No, si toda la ropa le queda mal.

El sereno llamó a la puerta y entró con una bolsa de nailon llena de remedios. Olga le dio un billete y cuando se fue echó el cerrojo de la puerta.

—¿Encargó Flebotropín?

—Flebotropín, yuyos, vendas, aspirinas, de todo. También hay una botella de whisky.

Abrió el paquete y la pieza se fue llenando con un aroma de hierbas y lavanda.

—Cuando ustedes se fueron el cura vino a orinar en la tumba. ¿Estaba en el programa?

—No, ése es más bien el estilo de El Aguilucho.
—Le alcanzó un tubo de crema:— Ahí tiene para las piernas.

Olga se sacó las medias agujereadas. Tenía las piernas muy blancas y unos tobillos suaves como candiles de porcelana. Carré sintió una marea tibia que le subía hasta las orejas y se recostó sobre la almohada. No quería que Olga lo tomara por un mirón y empezó a masajearse las piernas como si estuviera solo. Ella se aflojó el vestido y encendió un cigarrillo.

—Tome, esto ayuda a dormir —dijo, y le alcanzó la botella.

Carré tomó un par de tragos y empezó a sentirse más tranquilo. Se preguntaba cómo lo habían encontrado tan pronto en un hotel que eligió al azar.

—Agarre la frazada —dijo Olga—, esta noche va a dormir en el suelo.

Se sentó al otro lado de la cama y dejó la pistola sobre la mesa de luz. Recitaba como para sí misma:

—*Les sanglots longs des violons de l'automne...*

Carré se volvió, inquieto.

—¡Eso lo mandé ayer! ¿Cómo lo sabe?
—El confesionario está pinchado.

Tenía otra vez el dedo en el gatillo.

—¿Qué quiere de mí?
—Espere la señal. El ruso que usted sabe nos va a llevar de la mano.

—¿Vladimir? No me haga reír, si no puede salir del Refugio.

—Pero maneja la información de la red. Todo el mundo se compró un ruso y a nosotros nos tocó ése. Lo vamos a sacar muerto. Eso no se lo espera nadie. Es la única manera de ponerlo de nuevo en circulación. Es un asunto gordo, Carré: el Milagro Argentino. El Presidente en persona supervisa el plan.

—¿El Presidente mandó matar a Vladimir?

—En sentido figurado. Usted le va a pegar un tiro en el Refugio con una bala de goma y lo van a dar por muerto. Después se va a Viena a encontrarse con un tal Stiller. Para la contraseña cuente 342 francos suizos en el bufet de la estación.

—¿De dónde voy a sacar tanta plata?

—Le dije que le traía malas noticias, Carré. El operativo está en marcha y usted hace preguntas estúpidas.

—Pero si estoy muerto no puedo ir al Refugio. ¿Cómo hago? ¿Entro y digo "buenas noches, muchachos, el cadáver los saluda"?

—Escúcheme bien. Cuando llegue el día yo le voy a dejar un mensaje en la tumba. Usted vaya a ponerse flores todos los días y un día se va a encontrar con la orden. Va a haber un busto suyo, lápida de mármol, una placa, todo bien hecho. El Presidente dio instrucciones para que no descuidáramos ningún detalle.

—¿El Pampero está de acuerdo?
—Supongo que sí. No haga preguntas, ¿quiere? Consiga 342 francos suizos en billetes de a uno. Cuando encuentre el mensaje va a entender. ¿Le interesa la historia argentina?
—¿Qué tiene que ver?
—Mucho. Tiene mucho que ver. Si todo sale bien nos vamos a encontrar el día de las condecoraciones.
—¿Usted también está muerta?
—Yo estoy en el cielo, Carré, a la diestra de Dios Padre. Si me necesita vaya y pregunte por mí. Hay un Dios argentino, créame.
—Espero conocerlo algún día.
—Cumpla con su misión. Ése es el único camino que lleva al paraíso.

5

En los tensos días de espera Carré empezó a visitar su tumba, primero con curiosidad, después con entusiasmo. Desde lejos, mientras paseaba por los senderos del Père Lachaîse, vio construir la bóveda y pulir el mármol de su lápida. Una mañana colocaron una placa con el epitafio y por la tarde, cuando todavía no se había recuperado de la emoción, llegó el busto de bronce. El grabado estaba lleno de embustes halagadores y las fechas de su nacimiento y muerte eran falsas, pero la estatua se le parecía tanto que al verla creyó estar frente a un retrato. El escultor lo había diseñado de tal modo que, por cualquier parte que llegara el visitante, los ojos de Carré lo miraban fijo, con la severidad de un patriarca. A la hora en que los artesanos se iban, Carré se acercaba a contemplar la obra y a releer los elogios escritos en francés.

Poco a poco empezó a recapitular su vida y a preguntarse si acaso ese honor no era merecido. Recordaba tantos trastornos y amarguras que le parecía haber vivido cada una de las hazañas escritas en la placa. Nunca estuvo en el frente de Vietnam, como decía ahí, pero había pasado ocho meses en una cárcel alemana, maltratado y muerto de hambre. No había salvado ningún barco del naufragio pero para arrancarlo de la prisión El Pampero tuvo que canjearlo en un puente sobre el Rhin por veinte toneladas de carne argentina. No olvidaría nunca esa vergüenza y por eso, cada vez que tenía un teléfono a mano, se tomaba revancha despertando a alemanes en plena noche.

Antes de ingresar al servicio Carré había pasado muchos años en un juzgado comercial de Morón, leyendo expedientes y corrigiendo errores ajenos. Se aficionó a las biografías de compositores clásicos y coleccionaba discos de pasta. Recorría los cambalaches de Buenos Aires y cuando podía compraba alguna grabación alemana. Entre los libros deslomados y manchados por la humedad encontró una vieja edición de las *Memorias de una Princesa Rusa*. No bien lo leyó empezó a llevarlo a todos lados para aliviar su soledad y con el tiempo iba a convertirlo en su libro de consulta para cifrar los mensajes. En esos días estaba conmovido por una novedad que iba a cambiar su vida. Una mañana el secretario del juzgado lo invitó a tirar al blanco en una quinta y Carré descubrió, asombrado, que tenía una puntería casi infalible. Entonces volvió al polígono y después de perforar varios cartones escuchó que lo aplaudían. Por primera vez sintió que existía algo que podía hacer mejor que los otros. Claro que enseguida despertó la envidia de un teniente coronel y una noche, en los tiempos de la dictadura, tres hombres de uniforme le dieron una paliza en la esquina de su casa. Eso lo volvió sospechoso a los ojos de los vecinos y de inmediato perdió el trabajo en el juzgado.

Alquilaba una pieza en la calle Yerbal y se enamoró de una chica de Flores que decía ser aspirante a violinista en el Colón. Para salir a buscar trabajo, elegía los mismos colectivos que ella. Conversaban en la parada y a veces conseguían asiento juntos. Un día Susana le pidió que le guardara un paquete de libros y carpetas que sus padres no le permitían llevar a casa porque combatían su afición a la música. Carré comprendió que se trataba de documentos guerrilleros y aceptó esconderlos para ganarse el respeto de la chica. No tenía plata para invitarla al cine o a una confitería y cuando le insinuó que lo acompañara a su habitación Susana apenas pasó más allá de la puerta. Lo miró guardar el paquete y se fue sin aceptar ni siquiera un café.

Andaba siempre sola, con sus cuadernos y el estuche del violín y Carré la sentía como un alma gemela. Al tiempo, cuando consiguió trabajo en Harrods y alquiló un ambiente en San Telmo, la perdió de vista. Una mañana leyó en el diario que había muerto en el Bajo Flores junto a otros guerrilleros en un enfrentamiento con las fuerzas conjuntas. Carré la recordó con un jean ajustado y una camisa celeste, a su lado en el colectivo. La noticia lo convulsionó pero no podía decirles a los otros empleados "ésta chica fue mi novia". Perdería otra vez el empleo aunque nunca se había metido en política. Por más esfuerzos que hacía no la imaginaba con un revólver. Muchos años después, ya de servicio en Europa, todavía le costaba aceptar que el paquete que le había confiado no contenía partes de inteligencia de los Montoneros sino carpetas de música. El día en que se enteró de la terrible noticia corrió a su departamento, rompió el respaldo hueco de la cama, y al encontrarse con los apuntes de solfeo sintió una humillación que iba a durarle toda la vida.

Ahora, mientras aguardaba en el cementerio las instrucciones de Olga, se le dio por ir a visitar las tumbas de otros argentinos que habían muerto en el extranjero. Lo impresionaba eso de morirse lejos, desquiciado, cargado de rencor y desdén. Al recorrer los floridos senderos del Père Lachaîse encontraba difuntos satisfechos, orondos, cubiertos de flores y epitafios ingeniosos, como si al no haber podido elegir el lugar de nacimiento los satisficiera, al menos, elegir el de la muerte. A otros los percibía ofendidos contra quienes los habían expulsado y abandonado a la buena de Dios. Carré los comprendía e imaginaba que un día alguien trasladaría su tumba a la Recoleta para exponerlo al juicio de la historia y presentarlo como ejemplo a los jóvenes confidenciales. Llegado a ese punto de la reflexión su humor se ensombrecía porque no estaba seguro de dejar discípulos que siguiesen su ejemplo. Quizá Pavarotti empezaba a admirarlo a medida que lo conocía mejor. Pero, ¿podía ser maestro un confidencial que sólo sabía fraguar historias? ¿No era demasiado pobre para que los chicos se sintieran tentados a imitarlo?

Los días de espera se hacían largos y Carré extrañaba las horas en que copiaba cartas para la cadena de la suerte. A medida que se le terminaba el dinero y empezaba a saltearse las comidas, empezó a volver temprano al hotel. Envidiaba la suerte de Jim Morrison que tenía una cámara filmando su tumba y mucha gente que iba a rendirle homenaje. Carré trataba de descifrar las pintadas que los chicos escribían de noche sobre las bóvedas vecinas. A veces, cuando escuchaba que le cantaban *The end*, se escondía detrás de una tumba a seguir esos versos que tanto lo conmovían.

El asesino se levanta antes del alba... se pone las

botas... toma el rostro de la antigua galería... Se lo sabía de memoria. Recordaba que había pasado la mitad de su vida en secreto y ahora se preguntaba si alguna vez había tenido la oportunidad de ser feliz. Estuvo tentado de concluir que no, pero pronto se dio cuenta de que le era imposible contestar con honestidad. ¿Habían sido felices los otros difuntos, los que estaban bajo tierra? Se planteaba el interrogante mientras desayunaba en bares sombríos, después de acompañar los sepelios de la mañana. A veces compraba un ramo de flores y llevaba un libro de oraciones por si se topaba con un finado que le cayera simpático. Las lloronas del cementerio ya lo conocían y al verlo llegar le avisaban de los nuevos entierros. Entonces él se apuraba y tomaba el camino que las viejas le señalaban, ansioso por encontrar a otro extranjero con quien echar una parrafada.

Unas veces le tocaba hablarle a un italiano y otras a un polaco. No le importaba demasiado si el entierro era pobre o suntuoso. Muy pocos tenían una tumba tan hermosa como la suya y eso lo complacía y le hacía adoptar un aire arrogante en sus reflexiones silenciosas. Cuidaba su bóveda con el mismo esmero con que otros se cuidan el peinado o la ropa de salir. La cerradura estaba con llave y tuvo que usar una ganzúa para abrir la puerta y encenderse unas velas. Nunca se animó a entrar al sótano, pero cuando asomaba la cabeza sobre la luz le parecía un lugar sereno y acogedor. Desde entonces empezó a perderle miedo a la muerte. Todas las mañanas limpiaba el busto sucio por la caca de los pájaros y le dejaba una propina al jardinero para que no descuidara las flores del cantero. Traía restos del almuerzo para darle al gato que dormía sobre su lápida y seguía camino para compadecerse de Oscar Wilde, que a la hora del entierro estuvo tan solo como él. También visitaba a Balzac para disculparse por no haberlo leído y a Chopin para contarle que le habían robado los discos con sus mejores obras. Con Saint Simon charlaba sobre los avatares de la vida y le preguntaba por qué el Presidente lo había elegido justo a él para una misión tan delicada. Por más vueltas que le diera no llegaba a una conclusión sólida. El Pampero le había dicho en el confesionario de Santo Domingo que él sería el ojo de la patria. Tenía que grabarse todo lo que veía en las puertas del infierno. Pero su memoria flaqueaba y también tuvo que hacerse anteojos para leer, aunque de lejos su vista seguía siendo tan buena como en los tiempos en que era el mejor tirador del polígono.

Una tarde, mientras en la tumba de Jim Morrison los chicos coreaban *soy un espía en la casa del amor*, pasó frente a su estatua y se encontró más solemne y distante que otras veces. Al acercarse vio un paquete escondido entre las flores. De la nariz del busto asomaban dos balas que brillaban con el último sol. Mientras las guardaba en el bolsillo tuvo el presentimiento de que esa misión sería la más importante de su vida.

6

La pistola estaba en el paquete. En la culata había un mensaje grabado que decía *En Dios confiamos* y Carré creyó adivinar en esa afirmación la amistad de El Pampero. De pronto el recuerdo de Olga se le hizo más grato y hasta el hotel le pareció menos deprimente. Una de las cápsulas estaba vacía y tenía un mensaje en código. La otra bala debía ser la de goma para tirarle a Vladimir. Pasó la noche reclinado sobre la mesa de luz oyendo la lluvia mientras transcribía cada signo que encontraba en la cápsula. Necesitaba una lupa y un poco de talco porque no alcanzaba a distinguir con claridad esa letra tan pequeña. Tenía una frase a medio traducir cuando se dio cuenta de que el código que estaba descifrando no era de la Argentina sino de la empresa que fabricaba las balas. Arrojó el cenicero contra la pared y corrió a buscar la guía de Leipzig para despertar a algunos alemanes y sacarse la bronca. Aprovechó que el conserje no estaba para arrancar algunas hojas al azar. Al volver a la pieza advirtió que en una de ellas se encontraba el nombre del director de la prisión, que tanto lo había humillado. Ya había despertado a todos los que llevaban el apellido del guardián que le escupía la comida y a los homónimos del peluquero que lo rapaba a cero. Se dijo que ahora le tocaba a Schmidt. Sólo que había cientos de ellos y llamarlos a todos le llevaría una vida. Igual separó las páginas y empezó por el primero de la lista. A medida que colgaba tachaba el número y pasaba al siguiente. Todavía recordaba con qué desprecio lo trataba en los interrogatorios, sus ironías sobre el coraje de los argentinos en la guerra. Telefoneó a todos los Schmidt que pudo hasta quedar agotado. Estaba seguro de haberles arruinado la noche. Eso lo alivió y se dejó caer sobre la cama con los ojos cerrados.

Durmió un par de horas y salió con ánimo renovado, dispuesto a procurarse una buena lupa porque no quería dispararle a Vladimir sin una orden clara y terminante de Buenos Aires. En el fondo no estaba seguro de que Olga no fuese un agente doble o que alguien la manipulara desde otro servicio. Había respondido bien a sus preguntas, pero cualquier porteño hubiera podido hacerlo. Durante su estancia en París aprendió que ningún confidencial sabía para quién trabajaba ni quién le pagaba el sueldo. La caída del comunismo había borrado los últimos vestigios de certeza. En pocos días vio a los rojos de ayer maldecir a Lenin y vender los disquetes de sus archivos al primer coleccionista que caía por el Refugio. Carré los envidiaba en secreto porque tenían algo con que ganar plata sin traicionar a su país. La confusión era el estado natural de la red y eso le permitía a Carré hacerse útil a los ojos de El Pampero, que pocas veces tomaba iniciativas. Por eso lo sorprendía que el Presidente planeara un operativo secreto justo en los tiempos en que nadie tenía más misiones que cumplir.

Llevaba más de dos horas en la Place de l'Opéra acechando la vidriera de una óptica cuando un joven muy flaco salió de la boca del subte apoyado en una muleta y entró en el negocio. A través de la vidriera Carré observó que abría una carpeta con viejas estampillas mientras la vendedora lo invitaba a sentarse frente a una mesa redonda. Ése era su hombre, se dijo. Tenía una pierna dura y de tanto en tanto torcía el cuello en un movimiento espástico. Llevaba el pelo corto, lentes sin marco y una remera negra con la cara de John Lennon. La vendedora le mostró cuatro o cinco lupas grandes. Carré concluyó que el joven iba a tomarse su tiempo con las estampillas y fue a sentarse al Café de la Paix. Desde allí contempló el edificio de la Ópera. Nada le parecía más distante que las cúpulas doradas y la escalinata en la que se sentaban los turistas. Miraba pasar a la gente y se preguntaba si alguno de ellos sería capaz de ponerse en su lugar. Si aceptaría alejarse diez mil kilómetros de su casa y vivir a crédito en un hotelucho sin baño. No tener nada y estar muerto, sin nadie a quien acudir, a punto de robarle a un pobre paralítico. Vio que el mozo se acercaba a tomarle el pedido y como no tenía plata se levantó para dejar la mesa. Al pasar frente al quiosco distinguió, entre el *Herald* y *La Stampa*, un ejemplar de *El Gráfico*. Le hubiera gustado comprarlo y sentarse a tomar un café, como solía hacer por las tardes antes de que llegara Pavarotti. Pero el filatelista ya salía de la óptica. Miró los coches que pasaban. Era imposible conseguir un taxi a esa hora. Y menos para un tipo con una muleta, pensó. Esperó a que el paralítico entrara en el subte y cruzó la calle. Bajó los escalones de a dos, pensando que en el mensaje El Pampero le indicaría cómo conseguir el dinero necesario para la misión.

En el hall se detuvo a mirar los molinetes. El filatelista trataba de pasar por el que llevaba a la línea de Neuilly, pero la muleta se le había enganchado en el paraguas de una mujer y estaba recibiendo un sermón. Un negro con la máscara de Sting se paró a defenderlo y hubo una discusión en la que todos se pusieron contra el africano. Al ver que empezaban los empujones Carré se acercó como para separarlos y aprovechó para quitarle la bolsa al paralítico. Le repugnaba hacer eso y huyó abriéndose paso entre la gente. Agitado, se metió en el subte para bajar en la primera estación antes de que subiera un inspector.

Volvió al hotel al mediodía. No encontró talco en el cuarto de la limpieza pero sí un poco de Odex que se guardó en el bolsillo. El conserje le dijo que no podía demorar más su factura y lo amenazó con darle una paliza. Carré sonrió mientras subía la escalera. Cerró con llave y se dio cuenta de que además del paquete con la lupa se había traído la billetera del filatelista. Abrió la ventana para que el viento corriera por la pieza. Puso el libro de la Princesa Rusa sobre la mesa y cuando revisó la cartera sintió que Dios no lo había abandonado. Adentro había dos tarjetas de crédito, quinientos francos y la foto de un tipo bastante robusto que no era el paralítico. Apartó un llavero, dejó los documentos de lado y despegó un sobre con el membrete de un laboratorio. No tuvo que hacer ningún esfuerzo para descifrar el resultado de la biopsia. Era el mismo que le habían dado a su padre. Uno de los dos, el paralítico o el tipo robusto, tenía cáncer.

Aun visto con una lupa, el mensaje era confuso. Carré entendió que para matar a Vladimir tenía que entrar al Refugio con una máscara y dispararle al pecho de sopetón. Estaba escrito dentro de la cápsula, a contrapelo del código de Parabellum. Se puso el saco y salió a recorrer sucursales de bancos porque no quería correr el riesgo de usar las dos tarjetas en la misma máquina. Agotó la Visa en un cajero automático del Crédit Lyonnais, cerca del hotel, y se quedó con la American Express. El filatelista se había creído muy vivo al disimular su número secreto en un juego de estampillas de Senegal. Mientras hacía la cola frente a un distribuidor de billetes, Carré se decía que una mala noticia sumada a otra peor no podía complicarle las cosas a nadie. Guardó los papeles de quinientos e intentó otra vez, pero la máquina le negó la entrada. Levantó los ojos y miró las caras inexpresivas que esperaban en la cola. No imaginaban que hombres como él arriesgaban la vida para protegerlos. Carré había conocido a un confidencial francés en Atenas. Un marinero de Toulon que extrañaba los tiempos de Camus y de Sartre. Que había tomado partido por Malraux o Merleau-Ponty, no se acordaba bien. El día que François supo que los alemanes habían derribado el muro de Berlín volvió a su casa y se colgó de una viga. El Pampero les debía favores a los de *Sureté* y Carré tuvo que ir a sacarlo. Lo bajó con una escalera de electricista y a la noche lo echó en una mezcladora de cemento. Ahora estaba empotrado en la pared de un edificio nuevo. ¿Lo sabía la mujer que sacaba doscientos francos de la máquina? No, pensó Carré, ni siquiera le importaba saberlo.

Cruzó la calle y compró una valija con la tarjeta. Si todavía no la habían anulado ya no lo harían hasta el día siguiente. En el hotel no tenía nada que le sirviera y como no pensaba ir a pagar la deuda, al que le darían una paliza sería al negro de la conserjería. Entró en la Gare de l'Est y cambió 350 francos suizos en papeles de a uno. Después fue al baño y para evitar confusiones tiró ocho billetes al inodoro. Se guardó en el bolsillo de atrás del pantalón los 342 de la contraseña y sacó un pasaje de segunda, como lo exigía el servicio.

Compró un traje, un sobretodo, ropa interior y tres camisas de algodón que pagó con American Express. Eligió el hotel Meridien porque vio un aviso en el diario, e hizo el trayecto en taxi. Tomó una habitación del último piso con el documento del filatelista y mientras firmaba el libro se preguntó si el diagnóstico era para el paralítico o para el tipo más robusto. Se dijo que tal vez era mejor guardarse el sobre y ahorrarle la mala noticia. Ese sería su acto de contrición. Dejó la valija abierta sobre la cama y fue a darse una ducha. Mientras sentía el agua tibia sobre los ojos cerrados memorizó una lista de las cosas que necesitaba. Una buena comida, un cortaplumas suizo y una máscara para matar a Vladimir el Triste. Se secó con la toalla chica y descolgó el teléfono para pedir una ensalada de mariscos. Por primera vez se sentía relajado, consciente de que su inexistencia podía ser útil a una causa. Se sobresaltó al pensar que tal vez Olga podía haberle mentido. ¿Y si la bala no fuera de goma? La sopesó con desconfianza y al fin la puso en la recámara de la pistola. Cumplía órdenes. Iba a violar la regla de neutralidad del Refugio que ni siquiera Fouché se había atrevido a desafiar cuando era comisario de Napoleón. Se vistió con la ropa nueva y comió tranquilo frente al televisor. De pronto cayó en la cuenta de que no tenía más balas y se preguntó qué haría si los otros confidenciales se largaban a perseguirlo. Aunque las consiguiera no estaba autorizado a disparar contra ellos. El mensaje de El Pampero no lo autorizaba a defenderse y el Refugio tenía una sola salida que daba a la rue Custine. Miró el reloj, apagó el televisor y salió al balcón a mirar el tránsito. Si no hubiera tenido la tumba en el Père Lachaîse habría pensado que le tendían una trampa.

Llevaba tantos días de conversación con los muertos que se había vuelto desconfiado. Se tocó la cara. No la tenía mojada por el viento húmedo sino por el sudor. Volvió a la habitación y dibujó un plano del Refugio. Al fondo, de cara a la entrada, se sentaba Vladimir. El mostrador quedaba a la izquierda y a la derecha estaban las mesas. Si lo acompañaba la suerte podría abrir la puerta y disparar antes de que los confidenciales reaccionaran. Pero como tenía que darle en el pecho y disponía de una sola bala, lo más seguro sería avanzar unos pasos para no errarle.

Se puso el sobretodo, colocó la ropa usada en la valija y la guardó en el ropero. Levantó el teléfono para llamar otra vez a su casa. La voz de la inmobiliaria seguía allí. Evitó el ascensor y bajó lentamente por la escalera pensando una y otra vez en los inconvenientes que se le podían presentar. Afuera estaba húmedo y apacible. La gente llevaba los abrigos abiertos. Los caños de escape despedían un humo azulado. Hizo desaparecer las tarjetas de crédito en una alcantarilla y caminó por la misma vereda hasta un negocio de cotillón. Miró un rato la vidriera hasta que se decidió por una máscara de Michael Jackson. Era la que más se llevaba esa temporada. Mientras el vendedor se la envolvía se paseó mirando los estantes. De chico nunca había tenido juguetes así. Había fuegos artificiales para interiores, bombas de nieve, robots de Superman y brujas voladoras. Por ser grande se estaba perdiendo un mundo de maravilla. Pagó la máscara y salió sin saber adónde ir. No tenía apuro. Vladimir formaba parte del bar y sólo se levantaba para ir al baño. A media tarde el Refugio estaba casi vacío. Era el momento ideal. Pero entonces casi nadie lo vería y Carré quería que ese instante resultara inolvidable en la historia de la red, que dentro de cien años todavía alguien comentara su hazaña.

Tomó el subte hasta el Père Lachaîse y fue a llevarse flores a la tumba. Encendió una vela y la puso adentro de la bóveda para que el lugar no estuviera tan oscuro. De repente, en la superficie redonda de la vela vio dos filas de números idénticos a los que había utilizado El Pampero en la cápsula de la Parabellum. Se puso los anteojos, sumó las cifras y llegó a la desesperante conclusión de que la llama había derretido parte del mensaje. Miró la hora y se dijo que lo más atinado era cumplir, al menos, con la parte de las instrucciones que ya conocía. La muerte de Vadimir y la partida a Viena estaban escritas en la cápsula y no admitían confusión. Se guardó el cabo derretido, prendió una vela nueva y echó una última mirada al busto. Aunque sucio por los pájaros, lucía joven y altivo. Imperecedero en el mármol, como decía la placa. Atravesó el jardín con la esperanza de que la parte del mensaje que se había quemado fuera sólo la que contenía los saludos y las congratulaciones. Paró un taxi y le dio al chofer una dirección dos esquinas más allá del Refugio. Bajó en la rue Clignancourt. Mientras caminaba se desabrochó el sobretodo. No había ningún policía a la vista. Se detuvo a pocos metros de la vidriera, se inclinó como para atarse los cordones de los zapatos y se puso la máscara de Michael Jackson. Echó otro vistazo alrededor. Se sentía extrañamente seguro de sí mismo. Empuñó el arma, respiró hondo y justo a la hora del aperitivo, con el bar lleno de gente, cargó contra la puerta.

Tiró el seguro de la pistola y se abrió paso hasta que encontró la cara de sorpresa de Vladimir que movía un alfil blanco. Oyó risas, corridas y una silla que se volcaba. Levantó el arma con las dos manos y apretó el gatillo. La campera del ruso se incendió como si estuviera rellena de paja. El eco de la detonación quedó flotando un instante entre las mesas. Carré retrocedió apuntando para todas partes y antes de salir corriendo alcanzó a ver al joven Pavarotti que alzaba su copa para felicitarlo.

8

Nadie lo siguió. Tiró el arma en un canasto de basura y cruzó la calle. En el bulevar tomó un taxi para volver al hotel. Tenía un par de horas hasta la salida del tren y estaba ansioso por descifrar la otra parte del mensaje. Volvió al Meridien, pidió medio conejo y vino de Alsacia y se instaló en la mesa con el pedazo de vela, la lupa y el libro de la Princesa Rusa. Mientras traducía se dio cuenta de que nunca conocería la última parte de la misión. Las instrucciones confirmaban lo que Olga le había dicho pero luego seguían unos fragmentos a medio derretir que no entendió bien: "los apresurados entierran los sueños"... "Milagro argentino depende"... "Presidente se ocupa"... "Si ves al futuro"...

Se lamentó de no haber prestado atención antes de prender la vela pero ahora no podía hacer otra cosa que seguir adelante. Terminó de comer y pensó que dormiría mejor en el tren si conseguía colarse en un camarote de primera. Tomó la valija, pagó la cuenta del hotel y pidió que le llamaran un taxi. Quizá ésa era la última vez que veía París y fue espiando las luces y los monumentos como si quisiera fijarlos para siempre en su memoria.

En la estación se colocó de nuevo la máscara para pasar inadvertido. Deambuló por los pasillos y recién se acercó al andén cinco minutos antes de la partida. Apoyó la valija en el suelo para estudiar con detenimiento a los viajeros. No vio a Pavarotti ni a ningún otro confidencial. Sin embargo, su instinto le advirtió que algo no funcionaba bien. Le llamó la atención un pasajero de peluca, con guantes blancos, que miraba para todas partes. En las manos llevaba una máscara de Madonna y un boleto de primera. A cada rato miraba la hora. Cuando lo vio consultar el reloj por tercera vez, Carré sospechó que podía tratarse de Pavarotti. Miró a los costados, se deslizó entre la gente que se despedía y esperó a que anunciaran la partida.

El pasajero fue hacia la puerta del vagón y entonces Carré creyó ver algo conocido en su manera de andar, un paso que le recordó al del cura que le había orinado la tumba. Levantó la valija, pasó por detrás de un remolque del correo y le salió al paso de improviso, agitando un brazo como si se despidiera de alguien. En el choque le hizo caer la maleta y el boleto del tren. Los dos se agacharon al mismo tiempo y con un movimiento rápido Carré le cambió el pasaje. De cuclillas, vio unos ojos azules como los de Olga y dudó un instante. Mientras el tren empezaba a moverse creyó que estaba volviéndose loco. El de la peluca corría mostrando el boleto. Al ver que era de segunda el guarda hizo un gesto hacia otro coche. Carré lo miró alejarse con las piernas abiertas y los tiradores sueltos y se dijo que lo mejor sería ir a revisar el camarote. Saludó al guarda y se sentó a mirar cómo pasaban los tristes suburbios de París. Encendió un cigarrillo y miró el pasaje que acababa de robar. El número del camarote estaba anotado a mano. Era el 342. De golpe Carré perdió la calma. Para no desesperarse se dijo que todo andaba bien, que su entrada al Refugio había sido inolvidable y que la red entera estaría asombrada por su atrevimiento. ¿Sospecharían de él? En el fondo deseaba que sí, que Pavarotti lo hubiera reconocido y la voz se corriera por todas partes.

Mientras se acercaba al coche de primera se decía que si pudiera entender la misión comprendería otras cosas que le habían ocurrido en la vida. Al abrir la puerta del camarote se encontró con una dama que leía una novela de Agatha Christie. Si hubiera estado más atento se habría dado cuenta de que ni la máscara ni la valija que llevaba eran las suyas. Ni siquiera reparó en ese detalle cuando puso la máscara sobre el asiento. Recién cuando la dama le manifestó su admiración por la voz y la gracia de Madonna, concluyó que las cosas andaban decididamente mal. Recordó la multitud de la estación, rehizo el juego de manos y entonces cayó en la cuenta de que el otro se había quedado con su valija y la máscara de Michael Jackson. Espantado, se dijo que debía estar haciéndose viejo si un simple ratero podía burlarse de él. Pero, ¿se trataba de un ratero? Levantó la vista y advirtió que la dama lo miraba extrañada. Estaba gesticulando y hablando solo como lo hacía antes, cuando vivía en el altillo de la Goutte d'Or. Se puso de pie, recogió la valija, saludó a la dama que había dejado el libro para buscar conversación y se fue derecho al baño. Frente al espejo vio que un mechón de pelo le caía sobre la frente. Se peinó y sacó el cortaplumas para hacer saltar la cerradura de la valija. Sentado en el inodoro advirtió que el pulso le temblaba un poco. Se dijo que si el otro había conseguido subir al tren, uno de los dos no llegaría nunca a Viena. La cerradura cedió a la presión y lo primero que asomó fue un corpiño negro. También había bombachas nuevas, enaguas y una cámara de fotos no más grande que una caja de fósforos. La guardó en el sobretodo y se puso los anteojos para ver si no se había equivocado con el número de camarote. Al cabo de un momento se convenció de que el pasajero del andén se había burlado de él. Se le insinuó con el boleto para tenderle una trampa. Con mano temblorosa sacó los billetes de la contraseña y los contó escupiéndose los dedos. Al terminar sintió que se desmoronaba. Sólo había 341 y eso era como no tener nada. El pánico lo ganó poco a poco, como nunca le había ocurrido, y ahogado de vergüenza resbaló del inodoro, golpeó con la cabeza en el piso y se desvaneció.

Al abrir los ojos no tenía la menor idea del tiempo transcurrido. Se sentía impotente y humillado. Empezó a incorporarse despacio, pensando que no estaba a la altura de la misión, que así nunca El Pampero trasladaría su tumba a la Recoleta. Se lavó la cara, arrojó la valija por la ventana y volvió al pasillo. Mientras recorría los vagones caminando como un robot, el tren se detuvo. Los que subían y bajaban pasaron delante de él arrastrando a chicos y equipajes. Se dijo que quizá alguien, entre esa gente, tendría un billete como el que necesitaba. ¿Pero quién? El tren arrancó y Carré fue a recorrer los camarotes de segunda. La gente dormía cubierta con frazadas y unos pocos solitarios fumaban en la oscuridad. De cuando en cuando lo sobresaltaba la entrada en un túnel o el ruido ensordecedor de otro tren que se cruzaba. Entrada la noche, atravesaron la frontera de Austria y la policía pasó por los vagones para controlar los pasaportes. Carré tenía uno de

España que llevaba siempre con él. El oficial lo miró por encima y se lo devolvió. Un asistente le alcanzó la planilla para que declarara los valores que ingresaba a Austria y le pidió que mostrara el dinero y los objetos de valor. Carré sacó la plata de la contraseña. Anotó 342 francos suizos en la planilla y mientras el asistente los contaba fingió que buscaba el restante en todos los bolsillos. El oficial le dijo en inglés que no tenía importancia y le hizo entender que por un franco de diferencia ni siquiera valía la pena corregir la planilla.

¿Cómo se había enterado el del andén que los francos suizos serían su método de identificación? Alguien lo había entregado, no podía ser de otra manera. Carré resolvió buscar un billete para reemplazar el que le faltaba. Si no lo conseguía la misión se vendría abajo y alguien le pegaría un tiro en la nuca. Encontró el comedor cerrado. En los pasillos hacía tanto frío que tuvo que abrocharse el sobretodo. A veces se cruzaba con algún insomne que paseaba con una pipa encendida. En un coche de segunda cuatro soldados jugaban a los dados mientras el resto del pasaje dormía. Algunos chicos iban acostados en el suelo. Saltó por encima de ellos y de pronto, por la puerta entreabierta del baño, le pareció distinguir el deslumbrante fulgor de unas caderas blancas que retozaban, alegres, sobre unas piernas desnudas.

Carré nunca había tenido suerte con las mujeres

y se sentía un poco ridículo frente a ellas. Nunca supo lo que tenía que decir, ni siquiera si tenía que decir algo. De muy joven llegó a convencerse de que no poseía ningún atractivo. Además desconocía el arte de la seducción, de manera que puso esa carencia en la cuenta de las cosas que la vida le había negado. Por eso envidiaba al hombre que estaba oculto tras la puerta del baño y gozaba de esas caderas tan redondas y tan blancas. Encendió un cigarrillo, saludó con la cabeza a los que tiraban los dados y simuló interesarse en el juego para ver si alguien sacaba un billete como el que necesitaba. Cauteloso, espiaba las nalgas que aparecían y desaparecían frenéticas en el vaivén de la luz. Unas manos con guantes blancos abrazaban la cintura y subían a acariciar el pelo tocado por una peineta de plata. Carré se inclinó como al descuido y alcanzó a percibir, colgada del picaporte, la máscara de Michael Jackson.

No tenía la pistola y su enemigo estaba ahí, riéndose en su cara, gozando de la vida mientras él se preocupaba por un billete de un franco. Por un instante pensó irrumpir en el baño pero al mirar de nuevo notó que junto a la máscara colgaba un Colt de cromado reluciente. Un soldado le dio a entender que su presencia incomodaba a los jugadores. Carré se disculpó y siguió hasta el último vagón. Quería poner en orden sus ideas para remontar la espantosa sensación de vulnerabilidad que se había apoderado de él. El coche del guarda estaba a oscuras. El tren entró en una curva cerrada y tuvo que apoyarse en la pared para mantener el equilibrio. Golpeó el vidrio y esperó un rato que le pareció interminable. Un guarda en camiseta abrió la puerta y le dijo en alemán que ese lugar estaba prohibido a los pasajeros. Carré mostró su boleto de primera y preguntó si los policías de la aduana podrían cambiarle el billete que necesitaba. El guarda contestó que habían bajado en Salzburgo, y eso era todo lo que podía decirle. Carré sintió que estaba perdido. En la desesperación recordó un truco que practicaba de pibe y pensó que tal vez podía sacarlo del paso. Si doblaba uno de los billetes en el medio del fajo, podía contarlo dos veces y así llegar a los 342. Era una triquiñuela absurda para un profesional y sin duda Stiller debía ser un hombre de experiencia, pero no le quedaba otra posibilidad. Entró al camarote vacío, dobló un billete con mucho cuidado, cerró los ojos y se encomendó a Dios.

Cuando el tren llegó a Viena dejó que pasaran los más apresurados y trató en vano de identificar al de los guantes. Quizá se había sacado la peluca o cambiado de ropa. La chica de la peineta de plata estaba despidiéndose de una amiga de sombrero y anteojos negros que la tomaba de las manos. Las vio estrecharse en un abrazo prolongado. La de anteojos se quedó parada atrás de una columna mientras la otra se alejaba. Carré saltó al andén y caminó junto a un maletero mientras los soldados pasaban corriendo con los bolsos al hombro. Al fondo del hall vio una fila de taxis, a la derecha un quiosco y más allá el bar donde seguramente esperaba Stiller. Frente al baño había un viejo leyendo el diario y a su lado un vendedor de castañas con la máscara de Julio Iglesias. Mientras iba en dirección a la cafetería se cruzó de nuevo con la chica de la peineta que estaba arreglándose el pelo y sonreía. Carré sintió un irrefrenable deseo de conservar esa imagen para siempre. Sin pensar lo que hacía sacó la cámara del bolsillo y le tomó una foto. Una monja se abrió paso entre la gente, abrazó a la chica y se la llevó hacia la fila de taxis.

Carré tuvo la certeza de que alguien seguía sus movimientos. Juntó todo su coraje y entró al café repleto de pasajeros. Se apoyó en el mostrador, pidió una cerveza y empezó a contar los billetes a la vista de todo el mundo. Cuando palpó el que había doblado sintió un estremecimiento de angustia. Igual siguió adelante, sin darse cuenta de que le castañeteaban los dientes y tenía la frente perlada de sudor. Al llegar a 342 guardó el fajo en el interior del sobretodo. Entonces sí, más sereno, se tomó la cerveza de un trago. Pidió otra y esperó a que Stiller se acercara a darle la bienvenida.

9

Al terminar la cuarta cerveza Carré llegó a la conclusión de que Stiller no se presentaría a la cita. El truco del billete doblado podía engañar a los aficionados, pero no a un hombre de la red. Por el momento decidió instalarse en un hotel cerca de la estación y poner en marcha un nuevo plan. Le dolían las piernas y la cerveza lo había mareado un poco. Quería dormir unas horas y pensar alguna estratagema que le ganara la confianza de su contacto. Para no despistarlo cruzó la calle con paso displicente y entró en un hotel de tres estrellas. Pidió una habitación con muchas ventanas en el último piso y preguntó si aceptaban dinero en custodia hasta que abrieran los bancos. El conserje vio la oportunidad de alardear con su manejo del francés y respondió que en ninguna parte estaría más seguro. Carré necesitaba un recibo para que Stiller lo viera cuando entrara a revisar su habitación. Si era un buen confidencial no dejaría de hacerlo, al menos para saber si no le habían mandado a un agente doble. Sacó el fajo, se puso los anteojos y contó los billetes en voz alta del lado en que había uno doblado. El conserje no hizo ninguna objeción y con una ancha sonrisa le extendió un recibo por 342 francos suizos.

Carré tomó el ascensor, abrió las cortinas de las ventanas y revisó la habitación antes de meterse en el baño. Estuvo un buen rato sentado, cavilando, pero no llegó a ninguna conclusión. Tal vez le habían tirado un anzuelo y se había ensartado como un imbécil. En ese caso el tipo del andén estaría tomando copas y burlándose de él. Esa idea le revolvió las tripas. No sabía para qué lo habían mandado a Viena ni si el que dio la orden era en verdad El Pampero. Salió del baño desconcertado. Miró el reloj y al ver que eran casi las tres de la mañana sacó las hojas arrancadas de la guía de Leipzig y discó un número de la lista de los Schmidt. El teléfono llamó dos veces y al otro lado alguien respondió con voz seca. Había caído en lo de un alemán que estaba despierto y ahora tenía que pagar la llamada. Pateó el cesto vacío y lo miró rodar hasta abajo de la cama. Desde la calle llegaba el ruido de los primeros tranvías. Levantó el colchón, inspeccionó todos los rincones y fue a pegar un cabello en la ranura de la puerta para saber si Stiller entraba en la pieza. Se acostó con las piernas bien estiradas y trató de relajarse. Tenía las pantorrillas hinchadas y las venas a flor de piel. Fumó un último cigarrillo, lo aplastó sobre el vidrio de la mesa de luz y se durmió con la cabeza abajo de la almohada.

A media mañana se vistió sin saber adónde ir. Antes de salir buscó el cabello y se alegró de encontrarlo en el suelo. La cerradura estaba con llave pero el pelo estaba ahí, sobre la alfombra. Si el que entró era Stiller habría visto el recibo y ahora estaría preguntándose si no sería él quien se equivocó en la estación. Carré decidió darle la oportunidad de resarcirse. A esa hora en el mostrador había otro conserje, un gordo con una verruga sobre la nariz. Cuando le dejó la llave, el gordo sacó un papel del casillero y se lo entregó. Carré se puso los lentes y encontró las letras VA y otra vez la cifra 342 escrita con birome. No entendió el sentido del mensaje pero guardó el papel antes de salir a tomar el desayuno. Un viento frío barría la plaza que separaba el hotel de la estación. Carré subió a un taxi que arrancó de la parada y le dijo al chofer que lo llevara al Café Mozart. En el Refugio le habían hablado tanto de ese lugar que quería conocerlo. Desayunar con un vals le levantaría el ánimo. Se acomodó en el medio del asiento para mirar por el espejo y fue curioseando la ciudad. Al rato notó que un descapotable negro se les colocaba a cierta distancia. Le pidió al chofer que fuera más despacio para que el otro pudiera alcanzarlos pero el taxista pareció no entender y empezó a refunfuñar en alemán. Carré temía y detestaba el sonido del idioma que le recordaba los tiempos de la cárcel.

El descapotable llevaba los faros encendidos. Carré se dijo que quienes lo seguían no tenían intención de disimularlo y eso lo tranquilizó. Al llegar a los jardines de Belvedere le tocó el hombro al chofer y le hizo un gesto para que retomara la avenida y regresara al hotel. El otro le dio a entender que estaba prohibido doblar y siguió hacia el puente que atravesaba el Danubio. El descapotable iba atrás, a cincuenta metros. Recién entonces Carré descubrió en la patente las letras VA y el número 342. Se inclinó para pedirle al taxista que se detuviera pero por toda respuesta recibió un insulto. El tipo aceleró y entró al puente. Carré atinó a agarrarse del cinturón de seguridad y empezó a maldecir en castellano. También el descapotable ganó velocidad y enseguida se puso al lado del taxi. Carré vio a dos hombres con las máscaras de Roxette y se agachó en el asiento. El chofer sacó una Luger y disparó dos veces con bastante elegancia. El descapotable hizo una ese y se clavó de trompa contra la baranda. El taxi disminuyó la marcha. Después de cruzar el puente tomó una rotonda y pasó un semáforo en rojo. Carré sacudió al chofer por los hombros gritándole que frenara. Sin darse vuelta, el otro le mostró la pistola y tomó por una curva hacia un parque de diversiones. Ciego de rabia, Carré le tiró un puñetazo a la oreja y el coche se desvió hacia la explanada donde estaban los juegos para niños. Después de atropellar una calesita el coche se puso en dos ruedas y encaró hacia una vuelta al mundo que giraba solitaria y silenciosa. Con el primer topetazo el chofer salió disparado por el parabrisas. Carré puso la cabeza entre las rodillas y oyó un desastre de chapas al mismo tiempo que rebotaba entre el asiento y el techo. Mientras la rueda se llevaba el coche hacia lo alto, alcanzó a ver un caballo de papel maché asomado por una ventanilla del taxi y sintió que un hierro se le hundía en las costillas. En alguna parte se prendió una sirena y pensó que estaba condenado a una repetición obsesiva de imágenes infantiles, como si mirara el mundo desde el tobogán al que todavía lo llevaba su padre, allá en Parque Centenario.

10

Al volver en sí, Carré encontró una cara redonda, sonriente, con unos anteojos enormes. El cirujano llevaba una blusa blanca, de mangas cortas, con iniciales bordadas en el bolsillo. Detrás de él había un armario con puertas de vidrio lleno de cajas cromadas, jeringas y pinzas. Sobre la alfombra, junto a la camilla, una bolsa de plástico llena de gasas sucias y frascos vacíos esperaba que alguien la tirara a la basura. En una pared colgaban una reproducción descolorida de Molina Campos y dos diplomas manchados por la humedad.

—Doctor Stiller, bienvenido —dijo el médico con un gesto de cortesía afectada.

Carré trató de fijar la imagen que se escabullía de sus ojos afiebrados.

—Al fin... —dijo entre dientes—. ¿Estoy muy arruinado?

Stiller seguía con la sonrisa, pero no parecía contento. Arrastró una silla de respaldo desvencijado y se sentó junto a la camilla.

—Así que haciéndose el galancete, ¿eh?

—¿Qué tengo, doctor?

—A ver, ¿usted qué quiere tener?

Carré intentó moverse pero el cuerpo le pesaba como una losa. Stiller sacó un frasquito del bolsillo, se puso una gota en cada ojo y se apartó de la camilla. De alguna parte, atrás de un mueble, levantó un espejo para que Carré pudiera verse de cuerpo entero y le hizo un gesto de complicidad. Tenía la cara cubierta de vendas y el cuerpo enyesado como si lo hubiera atropellado un tren. Notó que los ojos se le habían puesto azules y pensó que tendría todos los huesos rotos.

—Dígame la verdad, ¿me voy a morir?

—Puede morirse esta misma noche, quedarse paralítico o agarrarse una hepatitis —dijo Stiller—. ¿Usted qué necesita?

De pronto Carré se dio cuenta de que los dos estaban hablando en castellano. No sentía ningún dolor pero le picaba todo el cuerpo.

—¿Dónde estamos?

—Ahora lo hice traer a mi consultorio. No se preocupe que tengo todo bajo control.

—Debo estar hecho bolsa.

—No, hombre, un traumatismo de nada, pero como tiene tanta gente detrás pensamos que en una de ésas quería desaparecer por un tiempo o manejar el asunto desde una sala de terapia intensiva. Estoy listo para lo que usted guste. La cara que le hice es un trabajo de primera, le aseguro. La saqué de un *Hola* que tenía por ahí.

—Páseme el espejo.

—Todavía no está listo. Pasado mañana sacamos las vendas.

—¿Usted es de allá? —preguntó Carré.

Stiller asintió con un gesto de resignación.

—Eso no tiene arreglo. Uno nace perro o mariposa.

—¿Y hace mucho que está en Europa?

—Vine como guitarrista de Gardel, calcule —dijo y se echó a reír.

—Discúlpeme. ¿Qué pasó anoche?

—Antenoche. ¿Por qué subió a ese taxi?

—Esperaba que usted me siguiera.

—Le dejé la seña en la conserjería y el auto en la puerta. Me va a tener que contestar unas cuantas preguntas, ¿sabe?

—Estaba desorientado. Perdí un billete y me puse nervioso.

—De eso quería hablarle. ¿Dónde se lo gastó?

Carré no tenía ganas de humillarse contándole que otro confidencial más astuto que él se lo había quitado. Pensó, además, que Stiller podía no ser Stiller y que tal vez había caído en una nueva trampa.

—No lo gasté. Se me debe haber caído en el baño.

—¿Y la foto?

—¿Qué foto?

—No se haga el tonto —Stiller sacó un retrato del bolsillo y se lo mostró desde lejos—. Un confidencial que saca la cámara en el medio de la estación y empieza a hacer fotos delante de todo el mundo... qué quiere que le diga, yo nunca había visto nada parecido.

—¿Usted entró a mi habitación, ayer?

—Anteayer. Acá siempre hablamos de anteayer, Gutiérrez. Fui a buscar el rollo, naturalmente. ¿Usted qué hubiera hecho?

—Lo mismo. ¿Encontró el recibo del hotel?

—Sí, pero con eso no vamos a ninguna parte, estimado.

—¿Cómo dijo que me llamo?

—Gutiérrez. Ahora no me acuerdo del nombre.

—Yo conté la plata, dejé el recibo, hice lo que pude y usted no aparecía. ¿A quién se le ocurrió una contraseña tan complicada?

—Órdenes de arriba, Gutiérrez —señaló el techo con el pulgar—. Lo felicito por la biopsia. Con un cáncer así quién se anima a preguntarle nada... Eso tampoco lo había visto nunca, le confieso. El prócer recién va a estar listo el jueves así que si quiere lo meto en terapia intensiva, le pongo una custodia y espera ahí. Tengo una casetera con bastantes películas. Y si no hago el acta de defunción y espera en la morgue, pero es más incómodo y me complica las cosas por el papelerío que tengo que llenar.

—Si me da una pistola me las arreglo.

Stiller lanzó un suspiro de alivio.

—Me saca un peso de encima, Gutiérrez. Si El Aguilucho se llega a enterar de que lo guardamos aquí voy a tener complicaciones. Me preocupa el eslovaco que desapareció en el accidente. Si le echan mano lo van a hacer cantar boleros y pericones.

—¿El taxista era de El Aguilucho?

—Un croata de alquiler, parece. Vio qué poco entusiasmo puso.

—Y nosotros, ¿por qué usamos eslovacos?

—No sé, cosas de El Pampero. Amistades nuevas, acuerdos temporarios, qué sé yo. Desde que El Aguilucho se metió en la red cambiaron todas las alianzas y ya me liquidaron dos cordobeses que eran de primera y a un chico de Rosario que menos mal, porque andaba de novio y ya no se podía contar con él. ¿Se enamoró alguna vez, Gutiérrez?

—No.... creo que no.

—¿Y entonces por qué se hace el galancete en los trenes?

—Dale con el galancete. ¿De qué me habla?

—De la foto, le hablo. Del billete que le falta.

—¿Y usted quién es para andar preguntando? ¿Sabe quién soy yo? ¡El ojo de la patria, soy!

—No se haga el vivo, Gutiérrez. Ésta es una misión delicada, ¿sabe? Si lo mandaron a usted será porque es bueno, no sé. Un tipo que lleva un cáncer en el bolsillo no es chiste. Eso lo puede sacar del peor apuro. *Chapeau*. Ahora, lo de la chica lo tenemos que aclarar porque como usted comprenderá yo tengo instrucciones precisas y no quiero meterme en problemas. A ver, ¿por qué lleva un boleto de primera?

—Se lo robé a un tipo en el andén.

—¿Cómo era el tipo?

—No me tome examen, me las rebusco como puedo.

—No joda, Gutiérrez. ¡Mire qué consultorio tengo! Cuando se acuerdan me mandan unos mangos que no me alcanzan ni para los gastos. Usted quería saber cuándo vine. ¡Cuando Perón, vine! Tenía que conseguir una fórmula de resistencia de materiales para fabricar casas baratas. Después no sé qué pasó, pero tuve que empezar a mandar cartas astrales y horóscopos en clave. Un día conseguí la fórmula para hacer las casas pero El Pampero se la cambió a los suizos por una partida de Rolex. Ahora ni siquiera saben lo que quieren. El Milagro Argentino. Para eso vino usted, ¿no? Se va a llevar al prócer y todo el mérito es suyo. A mí que me parta un rayo.

—¿Un prócer? ¿De qué me habla?
—Una figurita del Cabildo. El profesor Tersog le abrió el cerebro para ver qué tenía adentro.
—Me está cargando.
—Ojalá. Es bastante charlatán.
—No le entiendo.
—Ni falta que hace. Las cosas que contó de Rivadavia no se pueden creer.
—Me quiere confundir, ¿eh? ¿Tengo que llevar algo pesado?
—El muerto. Hasta la frontera va a ir bien afinado. Después le tiene que hacer un mantenimiento. Ya le va a explicar el profesor Tersog. El científico es él.
—¿Lo mataron ustedes?
—Lo matamos todos, Gutiérrez. Lo traicionó Saavedra, lo cagó Rivadavia, no sé... parece que le metieron veneno y por eso está tan bien conservado. El profesor le puso un chip y lo dejó hecho una pinturita.
—Sáqueme las vendas, ¿quiere?
—Todavía no, a ver si se me arruina el trabajo.
Stiller se inclinó para mirarle los ojos. Carré encontró en esa cara el mismo atisbo de desamparo que veía en la suya cuando se miraba al espejo.
—Dígame, Gutiérrez, con sinceridad, ¿cómo pudo perder un solo billete si los llevaba todos juntos?
—Ya le dije, se me debe haber caído por ahí.

—¡Dígame en qué se lo gastó y me quedo tranquilo! Póngase en mi lugar. Pedí que mandaran un tipo con experiencia, serio, alguien que pueda darles un baile a los petulantes de El Aguilucho. Bueno, llega usted, cuenta un billete doblado como si yo fuera el último boludo del planeta y después se pone a sacarle fotos a una mina. ¡Déjeme de joder!

—La chica me gustaba, nada más.

—Se acostó con ella...

—Ni nos dirigimos la palabra.

—Se encamaron y le hizo los bolsillos. Ahora entiendo el libro de la Princesa Rusa que lleva en el sobretodo. De acuerdo, pero, ¿por qué le robó un solo billete? ¿Pensó en eso?

—Si no le gusta lo que le digo llame al Jefe. ¿Se cree que soy un tarado al que le puede preguntar cualquier cosa? Vamos, ¿de qué se trata la misión?

—¡El prócer, Gutiérrez! Lo tiene que llevar. Moreno, Castelli, Belgrano, uno de ésos... ¡qué carajo me importa!

—Usted está loco...

—Hable, no me obligue a maltratar a la chica. Se imagina que la estoy marcando de cerca.

—¿Y a mí qué?

—Está en un convento, cerca de aquí. Se llama Clarisse, veintitrés años, cinco hermanos, lesbiana, hija de un cartero...

—Lesbiana no creo.

—¿Ve? Se acostó con usted nada más que para quitarle el billete. Con eso lo dejaba sin contacto y chau misión. Menos mal que yo estaba atento. ¿Cómo fue que la conoció?
—La vi en el baño.
—¿De qué hablaron? Cuénteme todo. Almuerzo, cena, qué sé yo.
—Váyase a la mierda.

Stiller hizo un gesto de contrariedad, se puso una frazada sobre los hombros y fue a sentarse a un rincón.

—No se haga el difícil, Gutiérrez. ¿Dónde traía los billetes?
—En el sobretodo.
—¿Abrochado?
—Claro.
—¿Se lo sacó para llevarla al baño?
—No, si hacía un frío bárbaro.
—Usted tenía camarote de primera, ¿por qué fueron al baño?
—Qué primera... No nos dejan viajar en primera. Usted tendría que saberlo.

Stiller dio un par de vueltas alrededor de la camilla, siempre con la sonrisa absorta. A veces al hablar tropezaba con una palabra en alemán y entonces aparecía en sus ojos un destello de temor, como si esperara el desaire de una corrección.

—Gutiérrez, amigo, en el sobretodo le encontré un boleto de primera. ¿De acuerdo?

¿Por qué no fueron al camarote?

Carré empezaba a detestarlo.

—Antes de seguir adelante tengo que hacerle una pregunta, doctor. Usted comprenderá.

—Naturalmente. Estamos entre argentinos.

—¿Cuál es la capital de la provincia de La Pampa?

Stiller lanzó una risa cansada. Carré advirtió que lo había tomado de sorpresa.

—¡Ah, mi amigo, si vamos a repasar las lecciones de primer grado! ¡No joda, che, que estamos apurados!

—Me cuenta una historia de muertos que hablan. ¿Qué quiere que piense? La capital de La Pampa, vamos...

—¡A quién carajo le importa La Pampa, Gutiérrez!

—En mi lugar usted tomaría la misma precaución, ¿verdad? —murmuró Carré y sintió que el otro retrocedía.

—Siempre fui pésimo en geografía.

—Está bien. ¿En qué calle queda el hospital Moyano?

—Vea, me parece que los dos estamos un poco nerviosos y hablamos pavadas. Ahora lo voy a dormir un rato y después vamos a tener una charla con la chica esa. A ver si le devuelve el billete y nos da una buena explicación.

11

Mientras trabajaba en Harrods, el año de Malvinas, Carré conoció a un despachante de aduana que facilitaba ciertos trámites en Ezeiza. A medida que el funcionario lo fue tratando más y tuvo la certeza de que Carré era una persona reservada, le propuso trabajar para él con la condición de que conservara su puesto en la tienda. Desde entonces iba al aeropuerto con una identificación de la Fuerza Aérea y retiraba equipajes que distribuía por la noche. Ganaba un porcentaje y buenas propinas, se vestía con lo mejor y un día se mudó a San Telmo. Lo que pasaba durante la dictadura Carré lo ignoraba. El episodio de Susana era demasiado íntimo y doloroso para compartirlo con nadie. Un día nefasto de fines del Proceso, el despachante de aduana desapareció sin avisarle que llegaba una inspección. Carré fue el único procesado por contrabando y lo esperaba un triste destino en el penal de Caseros. Por fortuna, en la confusión de la derrota los militares dictaron una amnistía que lo devolvió a la calle. Fue entonces, en los días de euforia por la democracia recobrada, que su hermana lo presentó al hijo de un embajador, que era su amante, como un experto tirador que por su consecuente militancia radical había sido expulsado del polígono, apaleado en la calle y arrojado a la cárcel por los esbirros de la dictadura.

El amante de su hermana intercedió ante el embajador, y el comité de Mataderos, que no tenía héroes para presentar al Partido, certificó con entusiasmo su incansable oposición a la dictadura y su trabajo en favor de los derechos humanos. A los pocos días de asumir el nuevo gobierno, Carré ingresó al servicio de El Pampero. Después de que lo sometieran a algunas pruebas, juró por Dios y la Patria en la sucia oficina de Nardozza y partió en misión a París. El Pampero no le hizo saber lo que esperaba de él, ni siquiera si esperaba algo. Entonces Carré se dedicó, como suponía que debía hacerlo cualquier hombre de bien, a proteger al país de las conspiraciones comunistas. Años más tarde, acosado por los recuerdos, sin padrinos políticos, rodeado de espectros en una morgue de Viena, se preguntaba qué rumbo habría tomado su vida si se hubiera atrevido a declararle su amor a Susana.

Pero no se animó a hacerlo y ahora Stiller se paseaba por el consultorio sonriendo, con las manos en la espalda. Tenía el aspecto de un hombre joven al que el pelo se le había marchitado de golpe. Carré despegó los ojos, mareado y con la boca seca. Todo el cuerpo le picaba bajo el yeso.

—Es como yo decía —dijo Stiller—. A la chica no le gustan los varones. Acéptelo, hombre, cayó como un chorlito.

—¿Qué le hicieron?

—Estamos con la mierda hasta el cuello, Gutiérrez. Ya trajeron al prócer y el profesor Tersog le está dando los últimos toques. Creo que tiene un problema con el chip. Póngase en mi lugar... Lo que no entiendo es por qué usted no quiere sincerarse... ¿Por qué no me dice "vea, Stiller, débil es la carne y la chica me hizo los bolsillos"? No me lo dice porque el complot es más grande todavía. Simulan que lo engancharon para que cuando usted confiese yo le deposite una confianza ciega y ahí sí que estoy perdido. Mire, creo que me jodieron de lo lindo. El prócer se me va a eternizar en la heladera.

—¿Qué es eso del prócer?

—No sé, yo tampoco entiendo nada.

—Sáqueme esta porquería que quiero hablarle de frente.

—Mejor no hable, Gutiérrez, que me complica la vida.

—Recién quería que le contara la verdad, ¿no? Entonces, ¿por qué no me dice cuál es la capital de La Pampa y me quedo más tranquilo?

—Le aviso que en la biblioteca tengo una enciclopedia, así que eso no le sirve de nada.

—La biopsia se la robé a un filatelista en París.

—Gran idea, ya le dije. ¡*Chapeau*!

—También maté a un ruso en el Refugio. ¿Le sirve?

—¿Vladimir? ¿Usted mató a Vadimir?

—Lo dejé seco. Todavía deben estar hablando del asunto.

—Ya lo creo que hablan. Se dice que El Aguilucho lo mandó matar porque iba a trabajar con nosotros.

—No, lo maté yo. Orden de El Pampero.

—Hablar por hablar yo también podría contarle que inventé la milanesa con ensalada. Vamos, Gutiérrez, a Vladimir lo mataron con una máscara de Michael Jackson.

—Se la cambié a un tipo en la estación de París cuando le robé el boleto de primera.

—¿Qué me está contando? ¿Por qué se la cambió?

—Para despistarlos, por si alguien me seguía. Le encajé la de Michael Jackson y me traje la de Madonna.

—A ver, empecemos de nuevo. ¿Cuál es su número en el servicio?

—Eso no se lo voy a decir y usted lo sabe muy bien.

—¿Nombre que usaba en París?

—Carré. Julio Carré. Habrá oído hablar de mí... Yo fui el que liquidó al yugoslavo. ¿Le basta?

—No creo. El tipo tenía fama de inútil y usted tiene una biopsia de primera en el bolsillo.

—Mire, Stiller, no sé para qué me mandaron acá ni si un día volveré a la Argentina, pero le aseguro que antes de irme le voy a romper la cara. Ahora sáqueme todo esto y déjeme comunicarme con Buenos Aires.

—No se ponga nervioso, Gutiérrez...

—¡Carré! ¡Me llamo Julio Carré! ¡Muerto, sepultado, cagado por los pájaros, perdiendo el tiempo con un chiflado en una covacha inmunda!

—Tranquilo, no me obligue a darle la inyección.

—¡Se van a arrepentir usted, Olga y toda la comparsa!

—¡Oiga, eso me interesa! La chica esa, Olga, descríbamela.

—Váyase al carajo, no hablo más con usted.

—Voy a sacarle las vendas, Gutiérrez. Estoy seguro de que va a saber apreciar el trabajo que le hice. Yo no sé nada de chips ni de computadoras, pero hasta el profesor Tersog me felicitó.

Apretó un timbre y enseguida llegaron dos enfermeros grandotes. El que parecía más borracho prendió un cigarrillo y lo acercó a los labios de Carré.

—Déme su palabra de que se va a portar bien —dijo Stiller— y mando salir a los muchachos.

—¿Éstos son alemanes?

—No sé, vea. Es gente que contó bien los billetes. Le voy a hacer traer una hamburguesa. Tiene que comer algo.

Stiller tomó una tijera grande y empezó a cortar el yeso que inmovilizaba a Carré. Cuando terminó le tomó la cabeza y desenrolló con cuidado las vendas. Parecía maravillado por lo que veía.

—¡Igualito... me salió igualito...!

Carré empezó a ponerse de pie. Estaba más flaco y no sentía el cuerpo. Iba a aceptar la botella de whisky que Stiller le alcanzaba pero un íntimo impulso de orgullo le cambió el movimiento del brazo y lo llevó a tirar un puñetazo ciego. El golpe no dio en el blanco pero por el ruido de vidrios rotos Carré supo que al menos había destrozado el armario. Los enfermeros lo agarraron de los brazos y lo arrojaron sobre un sillón.

—Está bien —dijo Stiller—. No está contento. Llévenlo, que le voy a presentar al Jefe. Si no pasa la prueba lo cuelgan de un gancho en la morgue. El profesor va a estar chocho con el regalo.

12

Lo pusieron en una camilla, bajaron por un ascensor mugriento y lo llevaron a través de una red de túneles oscuros. En su somnolencia, Carré vio a lo lejos, enmarcada por la negrura, una bombita prendida sobre las cabezas de varias figuras inmóviles. Los enfermeros lo sentaron desnudo en una silla chica, frente a una mesa de metal. Carré creyó que se trataba de una sala de operaciones pero cuando sus ojos se acostumbraron a la penumbra distinguió los cuerpos rígidos que colgaban como marionetas en medio del galpón. Uno tenía el ceño fruncido en una mueca atónita; el segundo, peinado con gomina y de ojos melancólicos, parecía un porteño de los años cincuenta demorado en un bar de Corrientes. Un poco más atrás, en posición de sentado, colgaba un general francés de la Segunda Guerra con la boca abierta y las cejas levantadas. Estaban todos en fila, como si montaran una guardia agotadora después de siglos de incertidumbre.

Entre una nube de vapor Carré vio entrar a una mujer que llevaba puesta la máscara de Michael Jackson y a Stiller que sostenía un gancho de carnicería. La mujer se acercó a mirarlo como si esperara encontrarse con un monstruo.

—Quedó muy bien, doctor —dijo—. Es Richard Gere, ¿no?

—Lo saqué de una revista, Jefe. Me parece que era Harrison Ford o uno de ésos. Yo no estoy muy actualizado.

Carré respiró aliviado al reconocer la voz de Olga. Intentó sonreír pero sentía la cara rígida como un cartón.

—Es él —dijo Olga—. Es nuestro hombre en París.

Stiller se quedó mudo, clavado al suelo, tratando de enderezar la mueca de sorpresa.

—¿De veras? —masculló y fue a tirar el gancho sobre la mesa de acero—. Si usted me lo firma, Jefe, yo me lavo las manos.

—Felicitaciones por lo de Vladimir —susurró Olga y después se dio vuelta—: ¿Qué espera, doctor? ¿Que le dé un infarto?

—Es que era muy sospechoso —explicó Stiller—. Aparte del billete que le faltaba se me presenta sacándole fotos a una chica...

—¡Sáquelo de aquí! ¡Rápido!

Stiller se acercó a la pared y tocó una campana para llamar a los enfermeros. Helado como estaba, Carré apenas podía contener el sentimiento de odio que le provocaba ese hombre. Tampoco comprendía por qué Olga se presentaba con una máscara igual a la que a él le robaron en la estación de París. Supuso que todo tendría una explicación. Quizás la hubiera recuperado de manos del enemigo y ahora la llevaba puesta como un sutil reproche a su descuido. Pero no podía hilvanar nada coherente. Los enfermeros lo cargaban en hombros como una estatua a la que van a cambiar de lugar. Los oídos se le cerraron y no escuchó más ruidos ni voces.

Al pasar al otro lado de la morgue no notó la diferencia de temperatura. Cuando lo tiraron sobre una mesada y empezaron a arrojarle baldes de agua hirviendo, sintió que le estallaba la piel y que la sangre se le escapaba por las orejas. De golpe su cara se cruzó con un espejo y lo que vio le pareció una alucinación. Ése no era él. Ni siquiera los ojos eran los suyos. Tuvo un retortijón en la barriga y una diarrea imparable. Se puso a gritar mientras intentaba ponerse de pie resbalando en sus propios excrementos. Ya no sentía vergüenza. Nada podía herirlo. Había perdido el sentido de las cosas. No sabía si era joven o viejo, flaco o gordo, hombre o mujer. Alguien le dio un golpe en la cabeza y todo se terminó, como si saliera de una pesadilla para sumergirse en un sueño apacible.

Al despertar se encontró limpio y vestido con un piyama. Ahora tenía ojos celestes y una dentadura resplandeciente. No recordaba cómo era antes y no llevaba encima una foto para saberlo. Se reconoció por las várices y una cicatriz que le quedaba desde chico. Stiller apareció impecable, con una blusa azul, y le acercó a la boca una cuchara reluciente.

—Abra la boca, estimado. Parece ridículo a esta altura de la ciencia pero tiene que sacar la lengua y decir aaaa...

Carré buscó la máscara de Michael Jackson y vio que asentía.

—Yo le pregunté —dijo Stiller—, le consulté qué enfermedad quería tener y se hacía el desentendido. Si me hubiera dicho con sinceridad "vea, doctor, tuve un asunto con la chica", se lo habría tenido preparado para cuando usted llegara... Pero empezó a joder con la capital de La Pampa y no sé qué hospital y me dio que pensar. Y si usted me permite le confieso que todavía no estoy convencido.

—Yo me hago responsable —dijo Olga—. ¿Dónde está la chica?

—En el quirófano, Jefe. No se la recomiendo.

—Ya me va a explicar eso. Y le va a costar

bastante, le aseguro. ¿Cuándo va a estar listo el prócer?

—Mañana. El profesor Tersog le está ajustando el chip.

—¿Y el coche?

—Un Mercedes de lo más sobrio, como usted pidió.

—¿Oyó? —dijo Olga—. Se va de viaje. Un viaje delicado.

Sentado al borde de la cama, Carré trataba de recordar si su busto estaba en París o en la Recoleta. No le importaba el lugar pero quería saber adónde tenía que ir para ver cómo era antes de la operación.

—¿Le parece que está en condiciones de escuchar las instrucciones del Jefe? —preguntó Stiller.

—Creo que sí. ¿Qué tengo que hacer?

—Bueno, ése es el problema —dijo Olga—. El hombre no puede moverse por sus propios medios y lo va a tener que ayudar a pasar la frontera.

—¿Es un enfermo?

—Lo acondicionamos bastante, Gutiérrez —dijo Stiller—. No es Frankenstein pero algo se mueve. Cuando está enchufado canta y dice algunas cosas. Se la pasa hablando mal de Rivadavia, ya le dije.

—Tiene que llevarlo a Marsella —dijo Olga—. Dentro de unos días va a entrar a puerto el *Casablanca* con bandera de Noruega. Yo tengo reservado pasaje en primera. Lo embala al prócer como si fuera de cristal y lo despacha a mi nombre como equipaje acompañado. En su momento le voy a hacer llegar más instrucciones.

—En el viaje tiene que hacerle un tratamiento que le va a explicar el profesor —intervino Stiller.

—Pero qué, ¿tengo que llevar una momia?

—Algo así. Yo diría que es una reliquia. La misión se llama Milagro Argentino y la conduce el Presidente en persona. Lo más arriesgado es pasar el puesto de frontera. Siéntelo al lado suyo y déle charla. Usted sabrá. La misión queda en sus manos. Vladimir lo espera con más instrucciones en el hotel Astoria de Innsbruck. ¿Necesita saber algo más?

—Dónde queda Innsbruck... y los viáticos... Hasta acá me tuve que costear solo.

—Tiene un mapa y los 342 francos suizos —dijo Olga.

—341 —intervino Stiller en tono burlón—. No quisiera morirme sin saber qué hizo con el que le falta.

—Con eso no llego hasta Marsella...

—Sí. El tanque del coche está lleno y no se va a presentar en un hotel con un cadáver. Use los descansos de la ruta. En Innsbruck se va a encontrar con Vladimir, que tiene plata para seguir camino. Antes de contactarlo asegúrese de no tener a la gente de El Aguilucho encima.

—No lo veo —dijo Stiller, que movía la cabeza—.

Yo a este tipo no lo veo en una misión así, Jefe. Si usted viera las radiografías... Unos pulmones así de chiquitos. Un hígado de este tamaño... El electrocardiograma vaya y pase, pero el resto no aguanta. Eso tiene que constar en el informe, no vaya a ser que digan que soy un carnicero y me arruinan el legajo.

—¿Usted se siente bien? —preguntó Olga y se levantó a mirarlo de cerca.

—Yo hago lo que sea mejor para la patria.

—¡Otra vez la patria! —dijo Stiller ahogado en una carcajada—. ¡Encima es un pelotudo!

—¡Basta! —lo cortó Olga con voz helada—. Cuando le avise usted se va a presentar en París a darnos una mano.

—Encantado, Jefe. Diez años que no veo París, imagínese.

Carré tenía la sensación de que Olga estaba de su lado y eso lo tranquilizó. Stiller la llamaba "Jefe" y tenía que aceptar que él tomara el mando. Iba a preguntar algo pero enseguida se le borró de la cabeza y se quedó con la boca abierta, mirando al cirujano.

—Si pasa algo, si se pudre todo usted no me conoce, Gutiérrez —dijo Stiller—. Cuando llegue a Marsella se va a encontrar con un montón de matones de El Aguilucho que van a querer llevarse al prócer. Si los ve venir no lo piense dos veces: péguese un tiro.

Carré no estaba seguro de que todo eso no fuera una broma pesada de las que solían organizar en el servicio. Se volvió y buscó los ojos de Olga a través de la máscara.

—Yo se lo iba a decir mañana, antes de que saliera.

Abrió la cartera, sacó unos guantes y buscó entre el Colt y una pila de papeles hasta que encontró una cápsula envasada como una aspirina.

—Tome. Si pasa algo grave póngale fuego al prócer y tráguese esto. Vladimir tiene la misma orden.

Carré dejó el comprimido sobre la mesa de luz y se quedó en silencio, con la mirada perdida. Stiller abrió la puerta y salió con los enfermeros. Olga se le acercó y le tendió una mano como si no fueran a verse más. Carré sintió un estremecimiento: los guantes que estrujaba en la otra mano eran iguales a los que había visto en el baño del tren.

Entonces Stiller tenía razón, pensó mientras Olga se alejaba por el pasillo. ¿Por qué si ella estaba de su lado le había quitado el billete y cambiado la máscara? ¿Para ponerlo a prueba? En ese caso no debió haberle confiado la misión. Carré la había visto con la chica de la peineta. Aunque no estaba muy seguro porque sólo vio los guantes y la máscara colgando del picaporte. Además, el que estaba abajo de la chica tenía que ser un hombre. ¿O tenía razón Stiller y la que fotografió era una lesbiana? No, no podían ser los mismos guantes, se dijo. Estaba tan aturdido que fue a abrir la persiana para que entrara un poco de aire. Se encontraba en un quinto o sexto piso con rejas por todas partes. Tomó el espejo para mirarse de nuevo y estuvo contemplándose con desprecio. Parecía un imbécil de serie australiana.

Rubio, dorado, de ojos celestes. Dejó el espejo y volvió a la cama. ¿En quién confiar si ni siquiera él era él? Estaba como perdido en una pesadilla, pero esta vez no sentía la mano de su padre sobre la cabeza. Repasó las preguntas, las invirtió y les dio mil vueltas, pero no encontró la solución. Sabía que Dios no le había concedido muchos dones pero a diferencia de Stiller él quería a su país. Le repugnaba cargar con el mote de traidor, igual que Rosas. Como era otro el que ocupaba su tumba del Père Lachaîse, se preguntó qué pasaría si alguien decidiese repatriarlo dentro de un siglo. Le rendirían honores a otros huesos y los suyos estarían en otra parte, carcomidos por el cianuro o en el fondo del mar. Pero ya no podía echarse atrás. Iba a llevar al prócer y sólo se lo entregaría a El Pampero. A nadie más que a él. Ésa era la decisión que había tomado cuando cerró los ojos y se dejó llevar por el sueño. Le venía a la mente una cara y después otra distinta, pero no conseguía saber cuál era la suya.

Un enfermero golpeó a la puerta para despertarlo. Evitó el espejo y se metió bajo la ducha para recobrar el ánimo. Se puso la ropa, palpó los bolsillos y leyó otra vez la biopsia del filatelista. Recogió la cápsula de cianuro y la guardó en un bolsillo. Bajó con el enfermero por un ascensor de carga. En la antesala de la morgue Stiller esperaba de pie, conversando con un hombre muy flaco que parecía haber fracasado antes de cumplir los treinta. Al verlo llegar Stiller tomó al otro de un brazo.

—Le presento al profesor Tersog, Gutiérrez. El que preparó al prócer es él. Lo dejó que parece un bebote, ya lo va a ver.

Carré le tendió la mano pero el profesor se miraba las puntas de los zapatos con aire ausente.

—Se lleva mi obra maestra —dijo y sonrió con amargura.

—Me ganó, Gutiérrez —intervino Stiller—. Se lleva al prócer y se hace matar por la patria —se rió otra vez—. *Ay, patria mía... Se necesitaba tanta agua para apagar tanto fuego... Muero contento, hemos batido al enemigo...* ¿Qué más? ¿Qué quiere que repita como sus últimas palabras?

—Diga lo que quiera. Cuando llegue a Buenos Aires me voy a encargar de que lo echen del servicio.

—No sea iluso. Se va a tener que tomar esa pastilla antes de llegar a la esquina. Ya vio lo que le pasó cuando subió al taxi... Esta misión parece inventada por el enemigo, lo supe desde que me la comunicaron.

—Ahora los sueños flotan en un chip —dijo Tersog, que limpiaba los lentes y parecía emocionado.

—¿Dónde está la señora?

—El Jefe se fue. Siempre pasan como un relámpago y si te he visto no me acuerdo. Por lo menos me puso el sueldo al día.

—¿Cómo sabe que era el Jefe?

—Tiene el código de El Pampero. Con eso yo estoy cubierto. Acá, con el profesor como testigo, le voy a transmitir las últimas instrucciones.

—Una obra cumbre... —dijo el profesor y de golpe levantó unos ojos chispeantes—. ¡Es que ya no hay arte! Todo es biología. Plantas que hablan, chanchos que dan leche, de acuerdo... Pero no hay más arte ¡No puede haber!

—Ahí tiene los mapas y un poco de plata que el Jefe dejó para usted —dijo Stiller como si el otro no existiera—. Le marqué las rutas menos frecuentadas, los descansos y los pasos de frontera. El prócer ya está en el coche. En la guantera puse los pasaportes y todos los papeles que puede precisar. Tiene una bolsa de munición y algunas chucherías por si los gendarmes se ponen cargosos. Vea, Gutiérrez, yo tengo una hipótesis: si usted es uno de los nuestros no va a llegar ni a la esquina; en cambio si es hombre de El Aguilucho ya debe tener todo preparado para hacer el recambio en la otra cuadra y chau Milagro Argentino. Se lo dije al Jefe, así que por las dudas voy a someterlo a la última prueba.

—Y como no hay arte no hay vida —intervino el profesor, que se miraba las uñas—. Usted me quita la obra mayor de este siglo, el último hálito de vida modelado por estas manos...

—No se haga el modesto, profesor, los otros no están nada mal —lo cortó Stiller y señaló las figuras que colgaban en la morgue—. Usted vio, Gutiérrez. Parece que estuvieran vivos.

—¡Tonterías! —el profesor dio vuelta la cara—. Son bocetos y nada más. Dibujos animados. No se puede convertir un repollo en tulipán. Falta la esencia, el sueño. Si yo tengo un sueño le hago un hombre. Lo contrario no se puede, doctor.

—¿Quiénes son? —preguntó Carré.

—Los monstruos de la razón, Gutiérrez. Para decirle con toda cortesía que no se meta en lo que no le importa. Ahora con expresa autorización del Jefe le pregunto: si yo digo *Les sanglots longs des violons de l'automne...* ¿usted qué me contesta?

Carré lo miró a los ojos.

—A solas si no le molesta.

—De acuerdo. Déjenos un minuto, profesor.

—En la guantera están las indicaciones para el mantenimiento —dijo Tersog—. No se olvide de cambiarle las pilas.

Carré asintió y lo acompañó hasta la salida. Tuvo la sensación de que el profesor Tersog volvía a un sarcófago. Sin que Stiller lo advirtiera echó llave a la puerta.

—*Blessent mon coeur d'une langueur monotone...*

—¡Carajo! —dijo Stiller—. Eso es lo que mandó El Pampero, sí.

—Pero ayer usted no me creía.
—Anteayer, Gutiérrez, acá siempre hablamos de anteayer.

Carré se sacó el sobretodo y lo dejó sobre el respaldo de una silla, junto a la valija. Por la mampara podía ver al general francés y al porteño demorado en un bar de Corrientes. En el reflejo del vidrio también se vio a sí mismo. Una cara bonita y muerta como un coral. Empujó a Stiller contra la pared y le aplastó la cara de un puñetazo. Al oír el ruido se dio cuenta de que se había olvidado de sacarle los anteojos. Calculó la distancia con toda frialdad, un poco asustado de sí mismo, y le tiró una patada entre las piernas. Stiller se dobló con la boca abierta, haciendo arcadas. Carré fue a sentarse para recuperar el aliento. Le había prometido que le rompería la cara y quería que Stiller empezara a creer en su palabra. Lo levantó y con cuidado de no ensuciarse el traje le torció un brazo contra la espalda. Cuando escuchó el ruido lo dejó caer y se tomó otro respiro. Pensó que mentían las series de televisión que mostraban largas peleas a puñetazos, con tipos que recibían cinco y devolvían diez. Había bastado una sola trompada para que Stiller se derrumbara. Se miró el saco que le quedaba demasiado holgado y comprobó que había bajado unos cuantos kilos. Stiller se puso en cuatro patas y trataba de encontrar los anteojos al tanteo. Carré lo levantó de los pelos y lo arrastró hasta la morgue. Al verlos, el profesor Tersog se sacó los lentes y por primera vez sonrió con picardía.

—Acá, acá por favor —señaló un gancho que colgaba al lado del general francés.

Carré subió el cuerpo y le dio un empujón para que se hamacara. Recién entonces advirtió que se le había ido la mano.

—Póngale pilas nuevas y gotas en los ojos cada seis horas —dijo el profesor—. En un prócer lo importante es la mirada. Báñelo con una esponja suave. Tenga cuidado con la piel que es lo más delicado. Nada de champú. Si llega intacto y allá saben apreciar, va a durar dos o tres siglos más. Cuando le elogien el trabajo que hice póngase orgulloso en mi lugar. Yo ya no voy a estar.

—¿Qué hace aquí, profesor?

—Vaya a saber... Busco sueños perdidos y armo los pedazos, pero siempre me falta algo. No me va a entender. Yo estoy en el borde de las cosas.

Stiller empezó a gemir y a revolverse. Trataba de escupirlos pero la baba se le quedaba en la comisura de los labios. Carré se acercó a hablarle al oído.

—¿Puede oírme, doctor?

—Hijo de puta, traidor —balbuceó, y empezó a bambolearse en el gancho.

—Escúcheme bien. Le dejo el cianuro para que se lo trague si le cae una inspección de Buenos

Aires. Si le preguntan por mí diga que grité *Viva la patria aunque yo perezca* —miró al profesor Tersog como disculpándose—. Ya está usado pero no se me ocurre otra cosa.

14

Al fondo de un barracón abandonado, en la oscuridad, lo esperaba el Mercedes. Carré apuntó la linterna a las paredes de ladrillo y escuchó ruidos de ratas y murciélagos que huían. Supuso que ese lugar formaba parte del edificio de Stiller, abajo de la morgue. No lo sabía bien porque el enfermero que lo condujo sin decir una palabra lo obligó a darle la espalda e hizo bajar y subir el ascensor varias veces. No intentó devolverle la paliza que Carré le dio a Stiller ni jugó sucio. Le entregó la linterna y una valija y le indicó con un gesto que bajara por una escalera de ladrillos. A Carré se le ocurrió que los enfermeros habían sufrido algún tipo de lobotomía y pensó que no quisiera estar en lugar de Stiller, inmovilizado en un gancho de carnicero frente a la mesa del profesor Tersog.

Dirigió la luz hacia el coche y distinguió una figura borrosa e inmóvil. Temblando, puso la valija en el baúl y se armó de coraje. Se sentó al volante y prendió el encendedor para que el fulgor alumbrara la cara de su acompañante. Distinguió un rostro amarillento, de pelo abundante y ojos de pescado. Vestía un traje de Dior y una bufanda que le caía como al descuido sobre el pecho. Llevaba una mano sobre la otra en una actitud serena. Carré apartó la luz. Le llamaron la atención los ojos bien abiertos y sin parpadeos. Tuvo la sensación de haberlo visto antes, tal vez en una foto o en el *Billiken* y abrió la guantera para buscar las gotas. Encontró varios frascos, talonarios de recetas y cinco sobres numerados. En el reloj del tablero vio que faltaban cuatro minutos para medianoche. Ajustó la hora en el suyo y encendió la radio para esperar el top oficial. Trató de relajarse y de olvidar a su acompañante. Mientras desplegaba el mapa y observaba el minutero de quarzo cargó la pistola y comprobó que en un doble fondo del piso había varias granadas y una Browning cargada. Encendió el motor y al oír el top prendió los faros y arrancó.

El prócer se movió apenas, sostenido por el cinturón de seguridad. Carré buscó la salida por un callejón desierto mientras la radio transmitía en alemán lo que parecía ser un noticiero. Dobló a la derecha por una calle ancha, aceleró despacio, asegurándose de que nadie viniera detrás y siguió las señales que indicaban la salida a la autopista. Por el rabillo del ojo vigilaba al prócer inmutable y luego en el retrovisor veía la cara de nada absoluta que le habían hecho a él. De repente le pareció que viajaba con dos extraños. En las esquinas, cuando tocaba el freno, la cabeza del otro se movía como si aprobara algo.

Carré entró a la autopista por una larga curva y al ver las cabinas de peaje se dijo que era una buena oportunidad para saber si el prócer y él estaban presentables ante el resto del mundo. Eligió la garita en la que una chica leía un libro y se detuvo justo bajo la luz. Todavía no se animaba a mirar fijo al prócer pero contestó el saludo de la chica y se demoró en buscar los billetes para que ella pudiera verles bien las caras. Guardó las monedas del vuelto sin percibir nada extraño. No les había prestado atención. Buenas noches, muchas gracias, eso era todo. Pero la barrera tardaba en abrirse. La chica miró por encima del hombro de Carré.

—¿Todo bien? —preguntó.

El confidencial asintió, nervioso.

—¿Por qué no paran un rato? —dijo ella—. A diez minutos de aquí tienen un lugar para descansar. El test de alcohol es gratis.

Eso lo desconcertó. ¿Les había visto caras de borrachos, o qué? Carré sonrió, inquieto. "¡Borrachos!", dijo en voz alta a su compañero, sin mirarlo, y forzó la risa. "Borracho era Rivadavia", oyó que decía el otro. Tenía una voz suave, monocorde, segura. Carré lo miró, atónito. No estaba seguro de haber oído bien. Tal vez lo traicionaba la inquietud. Había tenido tantos disgustos que bien podía estar alucinando voces y espectros. La chica no había notado nada extraño pero no estaba seguro de que hubieran pasado la prueba. Mientras dejaba atrás los últimos suburbios apagó la radio y se animó a sacar un cigarrillo. Estiró la mano hacia el encendedor del tablero y no bien lo tocó el prócer lanzó un grito de disgusto. Era una voz imperativa, de esas que cortan el aliento, que le ordenaba apagar el cigarrillo. Carré se estremeció y sin animarse a mirarlo empezó a temblar de tal manera que el coche se salió a la banquina. Sujetó el volante y oyó que el encendedor prendido volvía a su lugar pero no se atrevió a tocarlo. Se le había acelerado la respiración y el corazón le latía como un tambor. Por un instante la cara del profesor Tersog se le mezcló con las sombras del parabrisas y esperó que unas manos como garfios le aferraran el cuello. Apretó el freno y antes de que el Mercedes se detuviera del todo abrió la puerta y salió corriendo.

Después, cuando recordó que el prócer llevaba un chip de computadora, su reacción le pareció ridícula, pero en el momento en que pisó el pavimento sólo pensó en esconderse. Llegó jadeando a un descanso y se dejó caer atrás del expendedor de bebidas. Estaba convencido de que escucharía pasos pero el ruido de su respiración no lo dejaba oír otra cosa. Esperó unos instantes eternos mirando la cabina del teléfono, tratando de no moverse, hasta que vio pasar un auto y después otro y comprendió que lo traicionaban los nervios. Se asomó a mirar la ruta y vio el Mercedes cruzado en la banquina, con los faros encendidos y la puerta abierta. Nadie se paseaba por allí, ningún muerto caminaba con los brazos extendidos. Buscó unas monedas en el bolsillo y se sirvió una Coca Cola. A medida que se calmaba, adentro suyo crecía una furia sorda, una voz que le reprochaba su cobardía. Miró la hora, entró en la cabina del teléfono y marcó el número de otro Schmidt de Leipzig. Dejó que el aparato sonara seis, siete veces. Imaginaba al alemán que prendía la luz sobresaltado y caminaba apurado hacia el teléfono. Al noveno llamado cortó. Ya se sentía mejor. De pronto recordó: "No es Frankenstein pero puede hablar un poco". Terminó la Coca Cola y se cuestionó con severidad. Había abandonado al prócer en medio de la ruta, con el auto mal estacionado, y tuvo la suerte de que en ese rato no pasara un patrullero de la policía. A lo lejos aparecieron los faros de otro coche y Carré esperó a que la luz diera sobre el Mercedes para asegurarse de que todo estaba en orden. El prócer seguía en su lugar y parecía dispuesto a esperarlo hasta el fin de los días. Se acercó al auto con paso displicente, silbando como si volviera de orinar al borde de la ruta, y se acomodó al volante. Levantó el paquete de Marlboro caído en el piso y al conectar el encendedor escuchó otra vez la voz que renegaba contra el tabaco. Esta vez la esperaba, pero igual le sonó impresionante. Guardó los cigarrillos y arrancó despacio esperando que se le fueran los temblores. Aunque había estado muchos días entre los muertos del Père Lachaîse el que hablaba era siempre él. Ni Jim Morrison, al que tanto le cantaban, abrió la boca nunca. Carré pensó que todo era un truco de la tecnología y que quizá el profesor Tersog fuera un genio, pero eso no le devolvía la serenidad. Puso la radio pero por más que buscó no encontró valses vieneses. Casi todo era rock y algún trovador que cantaba en alemán. Al fin sintonizó a un trompetista melancólico que encajaba mejor con su ánimo desquiciado. Le pareció que el prócer tarareaba algunas notas en voz baja pero concluyó que actuaba por imitación. Trató de llevar la cabeza a otra parte, de sintonizarla con la chica de la peineta de plata, pero la imagen de los guantes que jugueteaban por la espalda desnuda y luego entre las manos de Olga le puso otra vez los nervios de punta.

Manejaba a ciento diez y al rato ya se había

olvidado de vigilar el retrovisor. Entró en un descanso y estacionó frente a la cabina del teléfono. Pronto amanecería y advirtió que con el susto se había olvidado de abrir los sobres con las instrucciones. Hacía un frío seco que anunciaba más nieve pero prefirió bajar del coche y leer los mensajes a solas. Entró en la cabina y rasgó el sobre que llevaba el número uno. "No olvidar de ponerle gotas en los ojos cada seis horas", decía en el papel. Levantó la vista y vio por el vidrio trasero del coche la cabeza de su acompañante. "Establecer primer contacto con Vladimir a las 02.30 desde el descanso número siete." Sabía que era demasiado tarde para hacerlo pero igual miró la hora. "Nuevo contacto con Vladimir a las 04.30 desde el descanso once." Respiró aliviado porque recién eran las cuatro y nueve minutos y estaba en el parador diez. "Contacto en Innsbruck a las 07.30 frente a la catedral. Abrir el sobre número dos en presencia de Vladimir."

Volvió al coche aterido de frío y tocó el botón para subir la calefacción. El prócer protestó a toda voz pero esta vez Carré no le hizo caso y arrancó en dirección al descanso once. Imaginó la inquietud de Vladimir. Estaba ansioso por encontrarse con él, por tener una compañía de este mundo con quien charlar y compartir sus dudas. Apretó el acelerador y pasó la velocidad permitida para llegar a tiempo. A las 04.27 vio una insignia luminosa de Adidas y dos cabinas. Frenó despacio mientras miraba de reojo al prócer. Otra vez se le ocurrió que esa cara le era familiar.

   Sin dejar de vigilar el reloj tomó el papel con el número del hotel de Vladimir y bajó del coche. A las cuatro y media en punto empujó la puerta de la cabina y justo cuando extendía la mano para levantar el teléfono el aparato se puso a sonar.

15

Carré no salía de su asombro. ¿Quién sabía que se encontraba allí en ese preciso instante? Olga, pensó. Y también El Pampero, que trazó el plan. Se recostó en la cabina y levantó el teléfono lentamente. Antes de acercárselo al oído escuchó una voz urgida:

—Gutiérrez, ¿es usted?

Reconoció de inmediato el insolente tono con que el joven Pavarotti llamaba a los mozos en los bares de París y decidió no responder. Se pasó la mano por la frente. Sentía mareos y comprobó que otra vez estaba sudando. Se dijo que tal vez Stiller tenía razón cuando le advirtió a Olga que con tan poca salud no sería capaz de soportar los rigores de la misión.

—Escúcheme bien, Gutiérrez. Esconda la momia enseguida, ¿me entendió? Ya mismo.

Sabía que quienes querían quitarle al prócer iban a utilizar todos los trucos y debía prepararse para enfrentarlos. Ahora estaba seguro de que alguien lo había entregado. Cubrió el auricular con la corbata y cambió la voz.

—Apártese, Pavarotti, o le parto la cabeza.

—¡Qué Pavarotti ni Pavarotti! Apúrese que la gente de la CIA lo está esperando en el descanso quince. Póngalo en un lugar seguro y siga solo, ¿me oyó?

—Yo lo escondo y usted se lo entrega a El Aguilucho.

—El que trabaja para El Aguilucho es usted, pedazo de imbécil.

—No se me aparezca, Pavarotti. Mejor que no se me cruce en el camino.

—¿Por qué me llama así, si se puede saber?

—Porque te conozco, mascarita...

—Sea razonable y esconda la momia. El ruso le manda saludos.

—¿Dónde está?

—En el techo, en calzoncillos.

—Si lo toca lo hago pedazos, ¿me oyó?

—No pasa nada. Es un pistolero chambón de los tiempos del comunismo. Mire, seamos sensatos. Usted es argentino y yo también. Por lo menos que a la momia no se la quede un extranjero. Después vemos.

—¿Y cómo sé que no me está engañando?

—Tenían que encontrarse frente a la catedral, ¿no?

—Ajá. ¿Y por qué dice que yo trabajo para El Aguilucho?

—No es muy difícil. Si yo trabajo para El Pampero y le tengo que quitar al prócer debe ser porque usted es un confidencial de El Aguilucho.

—Usted es un charlatán de feria, Pavarotti.

—No lo entierre que se puede arruinar. Busque otra cosa.

—¿Qué me sugiere?

—No sé, no quisiera estar en su lugar. Cuídelo que vale oro. Dentro de media hora lo llamo.

Carré quería seguir hablando para comprender en qué clase de lío estaba metido, pero el otro cortó la comunicación. Salió de la cabina, se sirvió un café de la máquina y se acercó al Mercedes. El rocío había opacado los vidrios. Apenas distinguía el perfil del prócer que estaba reclinado contra el apoyacabeza. Si las cosas eran como Pavarotti le había dicho, estaba en apuros. Ya no era sólo El Aguilucho sino toda la red la que quería apoderarse del prócer. ¿Por qué? Si la Argentina planeaba un milagro, ¿quién podía oponerse? Suponiendo que el pasajero fuera Mariano Moreno rescatado de las profundidades del mar, ¿para qué lo querían los otros? ¿Qué podía importarles? Dio una vuelta alrededor del coche tirando las últimas pitadas y llegó a la conclusión de que no tenía el coraje suficiente para ponerle las gotas. No se sentía con fuerzas para mirarlo a los ojos. Trató de recordar si al Secretario de la Primera Junta lo presentaban tan serio en el colegio. Serio era Sarmiento, que nunca faltaba a clase ni se amedrentaba ante la adversidad. Le gustaría saber qué habría hecho en su lugar, casi de madrugada, con un cadáver en el coche y los tipos de la CIA mordiéndole los talones.

Advirtió que se estaba pescando un resfrío. Se llevó el pañuelo a la nariz y la notó puntiaguda e insensible. Hasta el gesto de sonarse los mocos le parecía ajeno a su personalidad. Le ardían los ojos y los notaba secos como pasas de uva. Enderezó el espejo para mirarse pero cuando prendió la luz de la cabina el prócer lanzó un chillido suplicante. Otra vez tuvo miedo, pero sobre todo sentía una culpa íntima y patriótica, de pesadumbre filial, como si fuera su padre el que se quejaba porque no le prestaba ayuda. Cerró los ojos y se apretó los puños contra la cara. Estuvo un rato así, pensando y escondiendo la vergüenza, y al retirar las manos notó que traía entre los dedos unas escamas pegajosas que apartó con el pañuelo. Tuvo la sensación de que empezaba a desintegrarse como un muñeco de plastilina. Encendió la linterna y encontró sobre el pañuelo las pupilas celestes y un colgajo de piel adherida a un hilo de cirujano. Movió el haz de luz para que rozara el perfil del prócer y descubrió una cabeza firme y pálida que miraba al infinito.

Pensó en arrojar el cuerpo fuera del coche y escapar, perderse en la maraña de caminos que se bifurcaban en el mapa y pasar el resto de su vida en una aldea perdida. Pero, ¿le habían dejado un resto de vida? ¿O estaba tan muerto como el otro? A medida que se alejaba, Stiller lo perseguía con su cinismo despiadado. "¡La patria, qué boludo!" Esa exclamación le daba vueltas en la cabeza acompañada por la risa de Stiller. Abrió la ventanilla para respirar aire fresco y por la línea rojiza que asomaba sobre las montañas se dio cuenta de que amanecía. Dobló el pañuelo, se inclinó temblando hacia el asiento de al lado y tocó con suavidad la frente del prócer. Tuvo la misma sensación entrañable y distante que cuando limpiaba su propio monumento en el Père Lachaîse. Al retirar el pañuelo creyó ver que él otro le sonreía invitándolo a seguir adelante.

Buscó una moneda y de nuevo fue al teléfono. Ahora llevaba la Browning en el bolsillo. Si Pavarotti no le había mentido era posible que los confidenciales de la CIA, alarmados por la demora, vinieran a buscarlo. Marcó el número del hotel de Vladimir y pidió que le pasaran la llamada. El aparato sonó más de un minuto antes de que contestara una voz cansada, recién arrancada del sueño.

—¿Está solo? —preguntó Carré.

—¡Gutiérrez! ¡Por fin! ¿Y el prócer? ¿Todavía lo tiene?

—Está conmigo, quédese tranquilo.

—¿Por qué no llamó antes? ¡No sabe la paliza que me dieron!

—Tuve algunos problemas.

—Pero él está bien, ¿no? ¿Está intacto?

—¿Quién fue? ¿Pavarotti?

—Hablaba en castellano, Gutiérrez. Me tiró por la ventana.

—Tengo a la CIA encima. Pavarotti me llamó desde su teléfono.

—Entonces no vaya a la catedral. Lo espero en el bosque. Cambie de ruta que tenemos un entregador en el servicio.

—De acuerdo. ¿Tiene la plata para seguir?

—Nada. Si se me llevó hasta los pantalones.

—Consiga una billetera porque el prócer necesita remedios.

—No sabe las ganas que tengo de verlo. Un revolucionario de verdad. No lo vaya a perder.

—Usted traiga la plata. Así dicen las instrucciones.

Carré colgó y se quedó mirando pasar los coches y los camiones con los faros todavía encendidos. No tenía intención de compartir al prócer con un extranjero pero necesitaba el dinero. No hizo falta que mirara el reloj. A la hora exacta Pavarotti volvió a llamar.

—¿Lo escondió? ¿Está bien guardado?

—Hice lo que pude.

—Bueno, mire, no voy a andar con vueltas: pagan dos millones por la momia, Gutiérrez. Pongámonos de acuerdo porque yo no quiero pasar una vida como la suya.

—¿Y usted qué sabe de mi vida?

—Se la podría contar con pelos y señales. No la quiero.

—Es mía y no la puedo hacer de nuevo.

—¡Pero la puede terminar bien! Yo tengo a un coleccionista con plata y usted tiene la momia. Conversemos. Lo espero a las cuatro en el hall del hotel Orion. Y guarda con la CIA.

Cortó sin dejarle lugar a contestar. Carré volvió al coche. Miró el mapa y rehizo parte de la autopista hasta que encontró una salida. Se dijo que si un coleccionista estaba dispuesto a pagar dos millones ése no podía ser Mariano Moreno. Ya había luz y podía ver de soslayo la cara tiesa y amarillenta. Maldijo su mala memoria y por las dudas que otro pudiera reconocerlo se detuvo a colocarle unos anteojos de sol. De paso se miró al espejo y pensó que también Vladimir se iba a llevar una linda sorpresa.

Tenía una ventaja sobre Pavarotti. No conocía su nueva cara. Tan cambiado estaba que Vladimir ni siquiera le había reconocido la voz. Y como Carré no tenía una foto suya de otros tiempos tampoco podía identificarse a sí mismo hasta que no se viera en el busto del Père Lachaîse. Ahora era la anónima criatura del doctor Stiller. Richard Gere o Harrison Ford. "Yo no quiero pasar una vida como la suya", le había dicho Pavarotti. Y sin embargo, ¿qué sabía él de sus años en el juzgado? Levantarse todos los días a las cinco de la mañana para viajar a Morón. Apilar expedientes, tomar declaración a tenderos que se peleaban por medio metro de vereda. ¿Sabía de Susana? ¿De los sábados en Constitución y los domingos en el polígono? ¿De la apendicitis que le operaron en el Argerich? ¿De aquel susto cuando se

cayó de la lancha en el Tigre? De...
No había mucho más. Al menos no lo recordaba. Tenía razón Pavarotti en no querer esa vida. Pero, ¿estaba a tiempo de hacer otra? "Puede terminarla bien." Esas palabras machacaban en su cabeza mientras tomaba el acceso de Innsbruck. Trataba de descifrar los carteles pero no sabía cómo se escribía la palabra bosque en alemán. Al fin encontró el dibujo de unos pinos con una flecha y dobló a la izquierda. Sentía el cansancio de la noche en vela y de todos los sustos que había pasado. Se dijo que debía encontrar un lugar seguro para dormir. No pensaba confiarle el prócer a Vladimir ni a nadie. No tanto por el precio que le había puesto el coleccionista sino porque en él residía su esperanza de escapar de la telaraña en la que estaba atrapado. Si lo entregaba en Marsella seguramente tendría otra medalla, la más grande de todas. Quizás una felicitación del Presidente y el retiro para escribir sus memorias. ¿Por qué no? Desde que salió de la cárcel había soñado con escribir un libro sobre los otros, ya que ni él ni la Argentina contaban para nadie. Su pasado no le servía. En cambio, si se convertía en el confidencial que había hecho posible el Milagro Argentino, podía ser tan famoso como esos espías ingleses que revelaban secretos y se volvían intocables. *El hombre que volvió de dos muertes* sería un buen título. O tal vez *Confesiones de un agente confiden-*

cial. Tenía que pensarlo con calma. Nunca había leído libros de espías y no tenía idea de cómo empezar el suyo. En ese momento, mientras conducía entre montañas nevadas, como de tarjeta postal, se sentía confuso pero dispuesto a afrontar cosas en las que antes no se habría atrevido a pensar. A las cuatro de la tarde se presentaría en el hotel para encontrarse con Pavarotti y comer algo caliente. Quería saber por qué lo había acusado de trabajar para El Aguilucho y de paso preguntarle quién había sido en vida el cadáver por el que arriesgaba el pellejo.

El camino a la hostería empezaba en una curva, al pie de la montaña. Se detuvo en la banquina. Le limpió la cara al prócer para que Vladimir no lo encontrara muy demacrado, le arregló la corbata y arrancó despacio. No veía a nadie en los alrededores. El bosque deshojado por el invierno era un buen lugar para encontrarse a solas. ¿Lo había calculado Vladimir? ¿Conocía de antemano el lugar? Hizo tiempo manejando por los senderos hasta que lo vio salir de entre los arbustos haciendo señas de que escondiera el coche allí. Carré apenas pudo reconocerlo con el sobretodo y el sombrero marrón calzado hasta las orejas. Rengueaba y parecía que lo había arruinado una tormenta. Aceleró para dejarlo atrás y comprobar si estaba solo. Al llegar a un descampado cruzó el Merecedes para que le sirviera de resguardo y bajó con la Browning preparada. Se agachó detrás del guardabarros, del lado del prócer y esperó a Vladimir que se acercaba a los tropezones, tomándose de los árboles.

—¡Santo y seña! —gritó—. ¡Manos a la nuca!

Vladimir se detuvo, agitado. Teñía el aire con el calor de la respiración. Levantó las manos y recitó:

—*Les sanglots longs des violons...*

Carré se sentía ridículo cumpliendo esos ritos. Se preguntaba por qué otros repetían el poema que él había mandado por pura casualidad desde la capilla. Podía haber sido cualquier otra cosa, ya que el mensaje era falso. Como había olvidado llevar el libro de la Princesa Rusa, anotó el verso de Verlaine en una librería de la esquina. En ese momento, con Vladimir el Triste recitando en un claro del bosque igual que un colegial aplicado, sólo se le ocurrió levantarse y decir:

—Ahí lo tiene. ¿Trajo plata para seguir?

—Abra —dijo Vladimir, ansioso, con la nariz pegada a la ventanilla—. Déjeme ver al alma de la Revolución...

Carré se inclinó a sacarle los anteojos de sol. Al ruso se le agrandaron los ojos y retrocedió tropezando con las plantas.

—¡Carajo! —dijo—. ¡Es él!

Carré lo miraba bajo la nieve que blanqueaba el techo del Mercedes. Vladimir se enderezó las solapas del sobretodo. Lloraba con la pena del último combatiente obligado a rendir su estandarte. Las puertas del coche estaban abiertas. El prócer empezaba a salpicarse con la nieve y unos copos diminutos se le demoraban en el pelo. Vladimir se acercó cautelosamente y con un pañuelo impecable le tocó la comisura de los labios.

—Mis respetos —murmuró Carré, tiritando de frío. Tenía tantas ganas de refugiarse en el coche que sacó un frasco del bolsillo y se lo mostró a Vladimir.

—Espero que me comprenda. No tuve el coraje de ponerle las gotas.

—¿Cada cuánto hay que ponerlas? —preguntó Vladimir—. ¿Qué más le dijeron?

—Venga, entremos a leer las instrucciones.

—Ayúdeme, Gutiérrez, pongámoslo atrás —suplicó Vladimir.

Carré esperó a que el ruso sacara al prócer por las axilas y fue a tomarlo de los pies.

—Parece mentira, Gutiérrez. Estamos frente a la Historia... Algún día esto se va a saber, imagínese...

—Yo lo tengo visto a este hombre y le quería preguntar...

—¡No lo nombre! No diga nada. Los árboles deben estar llenos de micrófonos.

—¿Qué le parece si lo entramos? Digo, porque el frío lo puede arruinar y si la Historia nos está mirando...

—Claro... Le envidio que conserve la sangre fría, Gutiérrez. Usted es un profesional en serio.

—Apóyele la cabeza en el asiento y téngalo por los hombros, que no se doble.

—Déme el gotero, yo me ocupo.

Carré se sentó al volante y subió la calefacción. Vladimir se había inclinado sobre la cara del prócer y con pulso tembloroso trataba de abrirle los párpados.

—Habría que ir a dormir unas horas, ¿no le parece? —dijo Carré—. Qué consiguió, ¿marcos o dólares?

—Ya estoy con usted, Gutiérrez. Páseme las instrucciones.

Le entregó el sobre que llevaba el número dos y miró el reloj del tablero. Quería descansar un poco antes de encontrarse con Pavarotti. Sacó la petaca de la guantera y tomó un trago para calentarse los huesos. Iba a pasársela a Vladimir cuando lo vio sacar una pistola.

—Esto no me lo esperaba, Gutiérrez. Lo lamento mucho pero acá está clarito. Usted tiene que morir y el que sigue con la misión soy yo.

Carré bajó la petaca lentamente. Estaba aprisionado entre el volante y la puerta. Había cometido un error al darle el sobre con las instrucciones. Vladimir levantó el arma y le mostró la hoja en la que se leía una sola palabra escrita a mano: "Mátelo".

17

—Si dispara perdemos al prócer, Vladimir. Tengo unas cuantas granadas abajo del sobretodo.
—Es la orden, Gutiérrez.
—¡Pero si el que tiene que morir es usted, hombre! El sobre me lo dieron a mí.
—Puede ser. Mire, yo soy un sobreviviente. Si hay que caer, caigo, pero antes tengo que analizar la situación. Estamos frente a la Historia y dentro de un siglo esto se va a saber.
—De acuerdo. Abramos otro sobre y veamos quién es el que tiene que seguir con la misión. Están en la guantera.
—Baje, Gutiérrez. Vaya a ponerse delante del coche con las manos arriba.
Carré no estaba seguro de que el nuevo sobre no lo condenara. Las cosas se habían embarullado tanto que empezaba a temer que Stiller tuviera

razón al pensar que no iba a llegar muy lejos. Abrió la puerta y sintió de nuevo el perfume del bosque, la brisa y la nieve sobre la cara. Retrocedió mientras Vladimir le apuntaba con una mano y con la otra buscaba a tientas en la guantera. Lo vio sacar el sobre y desgarrarlo mientras hacía pie con los zapatones hundidos en el barro. Esperaba el ruido del disparo con un parpadeo de impaciencia mientras sentía que los brazos le pesaban como si fueran de cemento. Casi se había olvidado del prócer y por eso cuando lo oyó gritar una puteada contra Rivadavia su voz le sonó a campana de último round.

Al escuchar al muerto, Vladimir se volvió hacia el coche y caminó dos pasos vacilantes. "¡Me habló! Me habló a mí", balbuceó conmovido. Fue apenas un segundo de distracción. Carré alcanzó a sacar el arma y tiró al bulto confundido por el miedo y los recuerdos que le llegaban al galope. Después del estampido el prócer insultó a Saavedra y a todo el Triunvirato y Vladimir se desentendió del resto. Cayó sentado con la boca abierta, sin perder el sombrero, y cuando quiso incorporarse pisó el faldón del sobretodo y se fue de narices contra el paragolpes del coche. Carré estaba detrás de él, confuso, apuntándole a la cabeza. Miraba la huella de sangre y la mano de Vladimir que arrugaba el mensaje. Poco a poco los dedos dejaron de moverse y el bollo de papel rodó abajo del coche. Carré se agachó a mirarlo y pensó que Pavarotti no se equivocaba cuando le dijo que no era más que un pistolero chambón de los tiempos del comunismo. Calculó que iba a tardar en morirse porque tenía la cabeza recostada sobre un lecho de ramas secas y movía los ojos para no perderse detalle de lo que pasaba. Carré tenía ganas de hablarle, de decirle quién era, de preguntarle qué tal había estado aquel día en el Refugio, cuando le disparó por primera vez. Pero se le hacía tarde para la cita con Pavarotti y Vladimir estaba ensimismado en sus últimos pensamientos. Tal vez vagaba con el patrón en una estepa lejana, o berreaba en los brazos de su madre. Carré comprobó que le había dado en el centro de la corbata y se sintió vagamente orgulloso de su puntería.

Recogió la pistola de Vladimir sin darle la espalda y se metió en el coche. Estirado en el asiento trasero, el prócer rezongaba y gritaba instrucciones confusas. Carré encendió el motor y retrocedió para no aplastar el cuerpo de Vladimir. A través del vidrio, el ruso parecía un atado de ropa vieja olvidado sobre la nieve. Mientras abandonaba el bosque a Carré se le ocurrió la idea de tomar una habitación en el hotel para descansar tranquilo y estudiar sobre el plano los caminos que conducían a la frontera. El prócer pesaba menos de lo que había imaginado y se dijo que podría meterlo en la pieza como a un borracho dormido o un amigo pasado de cocaína. Tenía que lavarlo con una buena esponja, así que no dudó un minuto más y volvió a la ruta.

    El tránsito avanzaba con dificultad y en uno de los embotellamientos Carré se inclinó para acomodar al prócer con el cinturón de seguridad. Mientras lo movía oyó que la voz era más débil y comprendió que necesitaba un cambio de pilas. Dobló por detrás de una iglesia y enfiló por una calle ancha. Manejaba con cautela porque se sentía agotado y no estaba seguro de ir en la dirección correcta. Pasó delante de varias cabinas ocupadas y al fin estacionó frente a una tabaquería. Abrió el sobre con las instrucciones del profesor Tersog para consultar el modelo de pilas y al bajar bloqueó las puertas del coche. Sin perderlo de vista llamó al hotel y reservó una habitación doble sin preguntar el precio. Después compró cigarrillos, chocolate y una caja de pilas de repuesto. El vendedor estaba indicándole con gestos la manera más rápida de llegar al hotel cuando vio a un policía en moto que se detenía a hacerle una multa. Aunque Carré no dijo nada para no llamar la atención, el de la tabaquería se quejó de que estaban arruinándole el negocio y salió a discutir con el patrullero. Carré iba a cruzar la calle cuando escuchó el apremiante pitazo del policía. Miró a los transeúntes enmascarados que pasaban en silencio y se le ocurrió que el prócer no estaba más muerto que ellos. Parado junto al cesto de los papeles, sin saber qué hacer, esperó a que el policía se le acercara.

—Documentos —dijo y sacó un talonario.

Carré trató de mantener la calma y le habló en francés.

—El profesor se descompuso —señaló el coche—. Lleva un marcapasos y tuve que parar a cambiarle la pila. Hágame el favor...

—¿Es grave? Le llamo una ambulancia.

—Me dijo que lo llevara al hotel Orion y de golpe se empezó a ahogar. Parece un infarto.

El policía lo tomó de un brazo.

—Le abro paso al hospital, venga.

—Al hotel. Lléveme al Orion que lo espera un especialista.

El policía arrancó la moto y encendió la sirena. Carré lo siguió entre los autos que se apartaban, pendiente del prócer que recitaba fórmulas matemáticas y modelos de pilas alcalinas. Al salir de la avenida, lo oyó entonar una melodía infantil y sin saber por qué se puso a canturrear con él. Era una antigua canción alemana que había aprendido en la cárcel sin conocer el significado. Los presos la cantaban al atardecer, asomados a las rejas, mientras las palomas revoloteaban por el patio y picoteaban las migas que les tiraban de las celdas. Carré vio que el patrullero le señalaba la entrada del hotel y miró la hora. Faltaban veinte minutos para que Pavarotti llegara a la cita. Subió por la rampa mientras un botones corría detrás del coche. Estacionó en doble fila y rogó que el prócer no se pusiera a gritar.

—Ayúdeme a subirlo —le dijo al chico—. Enseguida se va a poner bien.

Se inclinó para soltar el cinturón de seguridad y lo oyó murmurar unas palabras de adiós. Lo sacaron del coche enderezándolo para ponerlo de pie. Carré sintió la rigidez del cuerpo y el contacto con la piel helada. El chico le pasó un brazo por debajo del hombro y lo levantó como a un figurín de vidriera.

—Habitación 408 —dijo—. Enseguida le llamo a un médico.

Carré lo tomó del otro brazo y juntos lo arrastraron al ascensor.

—Flor de curda —dijo el chico mientras se admiraba en el espejo—. Acá tenemos borrachos tranquilos y borrachos que rompen muebles. ¿Éste qué modelo es?

—Un caballero —dijo Carré—. Desayuna con peperina y duerme en la bañadera.

—Okey. Yo a veces ni me fijo...

Trabó la puerta con un pie y esperó a que Carré lo arrastrara al pasillo.

—Aguántelo que abro la puerta.

Sacó un manojo de llaves y fue hasta el fondo del corredor. Carré empujó al prócer contra la pared y le apoyó una mano en el hombro para que no se le viniera encima. Vio que se le cerraban los ojos como si dormitara. De alguna parte le salía un ruido borrascoso, como de radio mal sintonizada. El botones volvió arreglándose el pelo.

—Para llamadas afuera marque el cero. Si necesita cualquier cosa me encuentra en la recepción. Pregunte por Marc.

Carré sacó un billete y el chico cargó al prócer hasta la habitación.

—A la bañadera. Con cuidado.

—Okey, una ducha y como nuevo. Para qué quiere un médico.

Carré le dio el billete y sacó otro.

—Esta vez no se fijó en nada, ¿no?

—Ciego, señor. De nacimiento.

—Dígale al policía que todo va bien, que mi amigo canta y baila.

Marc salió de la pieza y Carré se quedó sentado en la cama. Pensaba que de un momento a otro iba a desmayarse de cansancio. Se aflojó la corbata y volvió a leer las instrucciones. Tenía que colocarle dos pilas en un compartimento a la altura de los riñones.

Lo sentó y empezó a sacarle el traje. De pronto le vinieron ganas de vomitar y corrió al inodoro. No quería abrir la ventana por temor a que alguien lo viera en un trance incómodo, abrazado a otro hombre. Se limpió los labios con la toalla y casi sin mirar le arrancó el calzoncillo. Entonces aparecieron las piernas flacas y azules como alambres. La piel era áspera pero se hacía más lozana en los rasgos de la cara. A lo largo del espinazo le bajaba un pespunte de circuitos impresos que se escondían entre las arrugas. Carré no pudo seguir mirando. Abrió la canilla del lavatorio y se acercó al espejo. Temía abrirse el cuello de la camisa y encontrar las mismas marcas. Se mojó la cara y fue a buscar las pilas. Pavarotti ya debía estar en el bar. Pensó que sería mejor hacerlo esperar un rato para que los humos no se le subieran a la cabeza. Dio vuelta el cuerpo y encontró un compartimento pequeño como el de una radio. No bien le cambió las pilas, el prócer abrió los ojos bien grandes y se puso a cantar un aire de mañanita campera. Carré reguló la ducha hasta que salió tibia. El agua corría por el pelo del prócer pero resbalaba sin mojarlo. Lo frotó con la toalla, le puso unas gotas de perfume y lo levantó para llevarlo al sillón de la habitación. Después fue a peinarse y se afeitó a la apurada. Estaba a punto de salir cuando oyó un perentorio "¡Eh...!". Se dio vuelta lentamente, con una mano en el picaporte, y miró al prócer a los ojos. "Gracias", le oyó murmurar y se puso contento porque hacía años que nadie le decía esa palabra. Antes de bajar colgó en la puerta el cartel de "No molestar".

18

Pavarotti estaba sentado frente a una mesita de vidrio con una botella de agua mineral. En otro sillón charlaban una pareja de travestis y dos chicas. Al fondo, olvidado entre dos macetas, un borracho viejo, de traje arrugado, jugaba con un puñado de monedas. Carré pensó que lo tenía visto de alguna parte, pero esa sensación lo acompañaba desde el día en que conoció al prócer. Se sentó en la barra y dejó que Pavarotti lo estudiara de reojo mientras trataba de imaginarse en qué clase de lugar había caído.

Pidió un vodka y un paquete de cigarrillos y se miró con desconfianza en los recodos del espejo. La cara que veía era incapaz de mostrar ningún sentimiento. Le recordaba la de un actor que solía ver en una serie antes de que le robaran el televisor. Le parecía que ahora tenía más pelo aunque ya no estaba seguro de nada, ni siquiera de haber sido aquel empleado de Morón ni el espía con el que los alemanes se ensañaron tanto. Entre las botellas alineadas en los estantes veía reflejada la entrada del bar y con el dorso de la mano que sostenía el vaso podía sentir la pistola que llevaba bajo el saco. Pavarotti estaba igual de serio y mofletudo que cuando lo seguía por París. Trataba de no moverse demasiado y Carré supuso que debajo del sobretodo llevaba un arsenal de escopetas y granadas. Prendió un cigarrillo y le hizo una seña para invitarlo a acercarse. En el momento en que Pavarotti empezaba a levantarse, al borracho se le cayeron las monedas que había apilado sobre el vaso dado vuelta. El tipo del bar levantó la cabeza e hizo un esfuerzo para no ir a darle una paliza. Una chica de la otra mesa fue a recoger las que rodaron cerca de ella pero al borracho no pareció importarle mucho y se puso a contar las colillas que tenía en el cenicero. Pavarotti empujó con el zapato una tapa de cerveza y se sentó al lado de Carré.

—¿Dónde lo dejó?
—Durmiendo.
—Ajá. ¿Pensó en lo que le dije?
—Pensé, pero hay gente que opina que el que trabaja para El Aguilucho es usted y eso me hizo pensar todavía más.
—¿Quién podría andar diciendo eso?

—Julio Carré. ¿Se acuerda de él?
—Pobre tipo... Lo estuve protegiendo un tiempo hasta que de golpe, ¡paf!, lo borraron del mapa. ¿Así que andaba hablando mal de mí?
—Mal no. Fuimos a misa unos días antes de que lo mataran y me dijo "guarda con Pavarotti que es de El Aguilucho".
—¿Por qué me llaman así?
—Qué quiere si es idéntico.

No quiso darle el gusto de saber que en Viena lo llamaban Schwarzenegger. El borracho estaba ensuciando la mesa con las colillas y los restos del whisky. Cuando la chica se acercó a darle las monedas le sonrió y quiso tomarla de la cintura. Ella largó la risa y se apartó pero el tipo alcanzó a meterle una mano por debajo de la minifalda y lanzó un suspiro de admiración. Carré lo envidió un poco.

—¿Escuchó la oferta? Es un coleccionista serio. Yo lo garantizo.
—Mire qué impresionado estoy.
—Haga la cuenta. ¿Qué le van a dar por el fiambre? ¿Una medalla? ¿Un ascenso? ¿Qué?
—Lo de la CIA fue un invento suyo, ¿no?
—Nos tienen a todos agarrados de los huevos, Gutiérrez. Mandan ellos. Véndame la momia y tómese un avión para las Bahamas.
—¿Usted sabe quién es?
—Parece que estuvo en la Revolución de Mayo

o algo así. Me dijeron que fue nuestro primer confidencial. ¿Qué le importa? Son cuatro huesos que andan de paseo.

—Justamente, es hora de llevarlos a casa. Alguien se tiene que encargar.

—Vamos, Gutiérrez, qué más da.

—Cómo que qué más da. Si a uno le dan una misión tiene que cumplirla.

—No digo que no. Puede llevarse un muerto, pero no justamente ése.

—¿Qué me quiere decir?

—Cuando el coleccionista me pague yo le doy su parte y otro fiambre bien maquillado. Me lo van a dejar de punta en blanco, idéntico a la momia. Un par de discursos, un desfile y después a la Recoleta. Si te he visto no me acuerdo.

—¿Y qué me va a dar? ¿Un polaco? ¿Un turco?

—No, eso no. El sustituto es argentino y en eso no transamos. Yo también tengo mi corazoncito, no crea.

—De dónde va a sacar uno tan impecable.

—Del Père Lachaîse. ¿Qué le parece el amigo Carré, antes de que se lo coman los gusanos?

Sintió un frío en la espalda. El viejo se acercó a la barra, dejó la pila de monedas y señaló una botella de JB. El barman se la alcanzó a desgano y le hizo señas de que sacara la billetera. El borracho era alto y torpe pero no tenía un pelo de tonto y lo que sacó fue una lapicera para firmar la cuenta.

Pavarotti lo miraba molesto, como si nunca se hubiera tomado un trago. Sacudió una mano para apartar el humo que tiraba Carré y agregó:

—Téngalo listo para hacer el canje en París dentro de un par de días.

—No me gusta. Me van a boletear.

—¿Y a mí? Se supone que se lo tengo que quitar para entregarlo en Marsella. Me van a buscar por todas partes a mí, qué se cree.

—Tan joven y tan hijo de puta...

—¡Es que yo no quiero vivir como usted, Gutiérrez! Mírese: años de andar a pie, de cagar en letrinas sin luz, de vivir en piezas mugrientas y comer pizza recalentada. Sin mujeres, sin amigos, ¿para qué? Dígame para qué. ¿Cuál es su objetivo en la vida? ¿Cargar cadáveres? No, gracias. Yo fui a Harvard. Ciencias sociales, estudié.

—No tenía ninguna obligación de entrar al servicio.

—No entré, Gutiérrez. Yo soy un prisionero de guerra, un pelotudo que estuvo en Montoneros y creía en la patria socialista. Fíjese lo que quedó. Conozco un tipo que sacó las manos de Perón en el estuche de un violín. Diez palos verdes, le dieron. Al que llevó a Rosas lo taparon de oro. El de Evita se hizo viejo en la Costa Azul. Siempre había otro gil que cargaba con el muerto. ¿Quiere que le cuente la repatriación de Gardel?

—La conozco.

—¿Se da cuenta? Si la momia fue nuestro primer confidencial y todavía está varado acá, ¿qué nos queda a nosotros?

—Llevarlo a casa.

—Piense, hombre, el tipo debía ser amigo de San Martín, pariente de Belgrano, tenía contactos en el gobierno, relaciones arriba... ¿De qué le sirvió?

—Si un confidencial está en apuros otro lo tiene que sacar.

—Es para el Museo Británico, Gutiérrez, ¿dónde va a estar mejor? Tienen a Tutankamón, a Ramsés, a Freud, a Marx, están todos. Si va a Buenos Aires se lo van a robar a cada rato.

Los de la otra mesa terminaron la cerveza y fueron a esperar el ascensor. El viejo le hizo un guiño a la chica que le juntó las monedas y después empezó a contar las hojas de una planta. Tomaba de la botella y se estaba chorreando el whisky sobre la corbata.

—No sé —dijo Carré—, ya nos hicimos amigos.

—Peor para usted. Igual se lo voy a quitar.

—Eso está por verse... Me dice que el hombre estuvo en la Revolución de Mayo, en la gesta de la Independencia. ¿Cómo se lo va a vender a los ingleses?

—¡Gesta! ¿Cuánto hace que no va al país? ¿Sabe por dónde pasa la gesta ahora? Por una cancha de paddle, pasa. ¿Se acuerda de San Martín en pelotas? Bueno, ahora juega con la camiseta de Adidas. La Banda Oriental, ¿le suena? Ahora Belgrano veranea en Punta del Este. No joda, che, estamos hablando de dos o tres palos verdes.

—Entonces seamos claros: ¿dos o tres?

—¡Ah, lo veo más razonable! Mire, yo les puse algunos caños a los milicos pero después me reventaron y tuve que salir a señalar gente. Si pasa de nuevo quiero estar en Marbella o en las Bahamas. En una de ésas somos vecinos. Depende de usted. Si me dice que sí, ahora mismo levanto el teléfono y todo el mundo se va contento.

—Lo tengo que pensar.

—Digamos que son tres millones. Para redondear. Igual, esto es menudeo, piense cuánto van a sacar los rusos por Lenin.

—¿Y dónde habría que entregarlo?

—Ya le voy a avisar. Cuídelo mucho que tiene que llegar intacto. Y no se caliente por el tipo. Parece que era agente de los ingleses.

—No voy a necesitar otro cadáver por ahora. Dejemos al pobre Carré que descanse en paz.

—Como quiera. Igual yo ya lo saqué.

—¿Abrió la tumba?

—Quedó todo impecable. Cuando sea primavera le voy a ir a sembrar alpiste.

—Usted trabaja para el ejército, ¿no?

—Yo trabajo para mí. Mire, siga la ruta que le dieron en Viena y yo lo voy a llamar a los descansos. Ni se le ocurra acercarse a los hoteles, ¿me entiende? ¿Dónde lo dejó ahora?

—En un bosque.

—Muy arriesgado. Vaya a buscarlo, a ver si se lo lleva el camión de la basura.

Se puso de pie con una sonrisa ancha, tocándose los bolsillos. Entonces Carré dio un salto y lo tomó de las solapas. En la otra mano tenía la pistola.

—Cuidado Pavarotti, que no soy ningún gil. Salga primero y si va a seguirme trate de esconderse bien porque le vuelo la tapa de los sesos. ¿Me entendió?

—Dígame la verdad, Gutiérrez: usted fue el que mató a Carré.

—Es posible. También lo puedo resucitar.

Pavarotti salió arreglándose la ropa mientras Carré guardaba la pistola. En la mesa del fondo el borracho lo miraba y tomaba notas en una libreta.

19

Carré fue detrás de Pavarotti y llamó un taxi para despistarlo. Lo hizo dar unas cuantas vueltas hasta que estuvo seguro de que el otro no lo seguía y volvió al hotel. Se registró con un nombre cualquiera y le dijo al conserje que estaba en Innsbruck para acompañar a su amigo a un especialista en enfermedades nerviosas. Marc le hizo una seña para que lo esperara y frente al ascensor le preguntó si necesitaban mujeres, travestis o blanca. Carré le pidió que le subiera un sándwich y le dijo que si veía a Pavarotti rondando por ahí le avisara enseguida.

Encontró al prócer en el suelo, desnudo. Se había deslizado del sillón y el golpe lo había desarticulado un poco. Le ató una toalla alrededor de la cintura, lo sentó y esperó a que Marc llegara con el sándwich. El botones le preguntó si su amigo quería cenar o tomar algo y curioseó un poco por la pieza. Carré le dio una propina y se lo sacó de encima.

Llenó la bañadera y se desvistió. Sumergido en el agua tibia no pudo evitar un vago pensamiento sobre los millones del coleccionista. Con esa plata podría ser alguien en la vida. Tener una casa en Niza, lejos de Pavarotti, y escuchar a Offenbach sumergido en un jacuzzi. No sabía bien qué era un jacuzzi pero pensó que sería agradable tener uno. Por las mañanas iría a practicar al polígono y de noche vería todas las películas que se había perdido en esos años. Cocinaría las recetas que los confidenciales de otros países le anotaban en las servilletas del Refugio y cenaría con el mejor champán. Tal vez encontraría a su chica caminando por la playa. Al fin y al cabo tenía una cara como la de Richard Gere o Harrison Ford. Quería llevar esa vida aunque fuera por un rato, para saber cómo era. Tirarse a la pileta y caminar por un campo de golf. Probar la marihuana y sentir las olas contra los acantilados. Emborracharse en una fiesta de ricos y que un valet lo acompañara hasta el coche llamándolo "Monsieur".

Así se quedó dormido. Cruzó Callao entre el tránsito y alcanzó a subir al colectivo. Un rengo vendía lapiceras por unas monedas y afuera empezaba a llover como la vez que fue al Tigre y se cayó de la lancha. El agua estaba muy fría y los muchachos se reían de él, que no sabía nadar. Alguien le acercó un remo para que se agarrara. Sus manos resbalaban y la garganta se le llenaba de agua. De pronto se despertó, helado. El agua rebasaba la bañadera y corría hacia la rejilla. Escuchaba gritos y golpes que venían de la habitación de al lado. El borracho rompía los muebles y alguien trataba de impedírselo. Oyó un vidrio que se quebraba y maderas estrelladas contra la pared. Se cubrió con la toalla y a los tropezones fue a ver si el prócer seguía en la habitación. Lo encontró cabizbajo, desdibujado en la sombra, con los ojos muy abiertos y vestido como para salir de juerga. "Si ves al futuro dile que no venga", lo oyó murmurar. Carré no recordaba haberle puesto el traje ni prendido el televisor. La puerta del balcón estaba abierta. Salió y vio caer una silla arrojada desde la pieza vecina. Por las dudas tomó la pistola y empezó a vestirse tratando de no pisotearse el pantalón. Ahora la pelea era en el pasillo y por los gritos se dio cuenta de que el borracho llevaba la peor parte. Entreabrió la puerta y distinguió una silueta fornida que se iba con una caja de jabón en polvo y una máquina de escribir. El pasillo quedó desierto, apenas iluminado por una bombita amarillenta. Se acercó a la otra habitación. Tirado en el suelo, el borracho gemía y respiraba con dificultad. Sintió el olor del tabaco y del alcohol descompuestos. El viejo trataba de ponerse de pie entre los restos de los muebles. Tenía el traje sucio y un clavel aplastado en el ojal. Las paredes estaban cubiertas de papeles escritos a mano y colgados con chinches. Las únicas cosas que parecían intactas eran la mesa y el velador que alumbraba el revoltijo. Aunque escuchó que el borracho lo llamaba volvió a su habitación y cerró la puerta con llave. La televisión había terminado y en la pantalla aparecían unos manchones ruidosos. Pasó al lado del prócer y fue a mirar de nuevo al balcón. Estaba tan expuesto que podían dispararle desde cualquier parte. También era posible entrar a la pieza a través de otros balcones y desde el techo. Imaginó que el hotel habría sido de lujo en los tiempos del Imperio y que la decadencia lo había convertido en albergue de rufianes y travestis corridos por la guerra contra el tabaco. Se sentía mejor después de haber dormido unas horas y decidió echar un vistazo al mapa para encontrar un lugar seguro por donde atravesar la frontera. Lo desplegó sobre la cama, acercó la lámpara y se puso los anteojos. Encontró un camino dibujado en línea de puntos que conducía a las cercanías de Milán por entre los Alpes. Su intuición le indicó que debía elegir ése. Desde allí podría subir a París para encontrarse con Pavarotti.

—Ya vamos, excelencia —le sonrió al prócer—, ya volvemos a casa.

Enseguida se arrepintió de haberlo dicho. Sonaba falso como los sermones de los curas. Dobló el mapa y se sentó en la cama con la mirada baja, evitando los ojos del otro.

—Es un país ingrato el nuestro, excelencia. No sabe las que pasé yo... Vea, una vez El Pampero me manda un mensaje: "Tiene que suprimir a un tipo pero el gobierno no sabe nada de esto, yo a usted no lo conozco, si lo agarran se jode", y me hace llegar la foto del punto. En ese tiempo yo me hacía pasar por agregado comercial en Bélgica. El tipo era un irlandés burrero que estaba metiendo la nariz en un asunto nuestro, una triangulación de misiles, no sé. Era algo gordo y el hombre nos quería chantajear. Me muevo un poco y me entero de que hay un confidencial alemán que me quiere ver. Un comunista que ahora hace espionaje industrial. Resulta que tenía el mismo encargo que yo y me dice "mire Carre, acá el que liquida al irlandés queda bien con dos servicios, así que le hago una propuesta". Yo le desconfiaba, pero a él le pagaban un adicional por esa clase de trabajos y a mí no. "Hágalo usted", me dice. "Es fácil y hay cincuenta mil dólares. Yo se los mando como garantía y cuando el trabajo esté hecho me devuelve la mitad." Yo le dije: para qué tanto lío, déme veinticinco mil y listo, no le debo nada. "No puedo", me contesta, "es plata negra y no se puede dividir. Usted la blanquea en París y deposita la mitad en mi número de cuenta así el Partido no me retiene los aportes." Imagínese, me cayó bien que confiara en mí, así que acepto y me pongo a buscar al punto por todos los hipódromos y cervecerías. ¿Sabe dónde lo encontré? Colgando de una rama en el bosque de Vincennes. Antes que yo llegara lo habían agarrado los ingleses y tenía seis vueltas de alambre alrededor del cuello. Primero pensé que me habían arruinado el negocio pero como Londres no quería firmar el trabajo yo les propuse que me lo atribuyeran a mí. De paso todos quedaban debiéndome un favor. Un día llego a casa y en el buzón encuentro un sobre con plata. Los cincuenta mil dólares. Creí que andaba de suerte, que por fin las cosas empezaban a cambiar. Yo no me acordaba del número de cuenta del alemán así que deposité todo en la mía. Cuando lo vea le doy su parte, pensé. Unos meses después El Pampero me manda a Berlín para espiar a una delegación de comunistas argentinos. Me tomo el tren de la noche, tranquilo, y me quedo dormido. No me va a creer: al rato me despiertan a patadas en la cabeza. Una paliza terrible. Que dónde está la plata, que te robaste los aportes al Partido, qué sé yo. Me llevaron a Leipzig, me armaron un tribunal popular y ¿sabe cuánto me dieron por la cabeza? ¡Treinta años de trabajos forzados! Espionaje y atentado contra la seguridad del Estado. ¡Las que pasé, excelencia! ¡Las humillaciones que tuve que soportar! El director de la cárcel era un gusano. Si mi madre se enteraba de que tenía un hijo en la cárcel se moría de vergüenza... ¿Y qué hizo El Pampero por mí? Me negó, me negó como a un apestado. Bueno, de eso me había avisado, pero a los alemanes les dijo que yo era un delincuente común, que no valía nada. Diga que los comunistas estaban pasados de hambre y necesitaban carne, que si no todavía estoy adentro.

Esperaba una palabra, un rezongo, algo que lo ayudara. Recordó la conversación con Pavarotti y malició que podría jugarle una mala pasada o llevarlo a una trampa. Tenía que pensar un plan para evitar que le tendiera una celada en el camino. Sabía que no iba a pagarle por el prócer cuando podía quitárselo con la ayuda de un par de pistoleros. El Aguilucho tenía gente bien entrenada por el ejército, tipos capaces de vivir un mes sin tomar agua y después comerse una gallina cruda. Puso el reloj sobre la mesa, apagó la luz y cerró los ojos para relajarse. Sentía el silencio del prócer como una acusación de la Historia, como si Belgrano le quitara el saludo. ¿Cómo explicarle que eran muchas las cosas que no comprendía y que además estaba perdiendo la memoria? No recordaba haber prendido la televisión ni vestido al prócer. Tal vez nunca lo desvistió, aunque habría jurado que sí. Un muerto no podía ponerse la ropa solo, de eso estaba convencido. Concluyó que el cansancio le provocaba espejismos y que quizá todo lo que había visto y escuchado ese día no era más que una jugarreta de su imaginación exaltada. Y así se durmió, agitado y con pesadillas, hasta que al rato, en la habitación de al lado empezaron a demoler el baño a martillazos.

20

Se tapó la cabeza con la almohada y trató de dormir igual. Ya tenía bastantes problemas como para verse mezclado en los de otros. Le importaba un pito que el borracho tirara el edificio abajo mientras no intentara acercarse al prócer. Pero por el ruido que hizo la mampostería al derrumbarse Carré intuyó que estaba en peligro. Saltó de la cama y manoteó la pistola aunque apenas podía ver entre el polvo que caía del cielo raso y el yeso que se desprendía de las paredes. Encendió la luz y avanzó a tientas hasta el sillón, guiándose por la voz del prócer que se quejaba del ruido que hacían en el Cabildo. La lámpara del techo se movía como en un temblor de tierra y el espejo del baño se hizo añicos sobre el lavatorio. Carré tomó al prócer de la corbata y lo tiró al suelo para meterlo abajo de la cama. Mientras lo arrastraba sobre la alfombra escuchaba los insultos del borracho. Pensaba que de un momento a otro todo iba a derrumbarse y se apuró a cubrir la cara del prócer con una almohada por si la cama cedía bajo el peso de los escombros. Se levantó y corrió a la puerta sosteniendo el arma con las dos manos. Los martillazos eran cada vez más fuertes y al ganar el pasillo oyó un ruido de cerámicas quebradas y de cañerías que estallaban. Pateó la puerta de la habitación y entró tambaleándose entre los restos de muebles y la cascada de agua que salía del baño. Entre la polvareda Carré reconoció una silueta fornida que lo amenazaba con una maza de demolición. Tenía poco más de veinte años y llevaba un traje de yuppie en el que podían caber cuatro o cinco personas más. Sudaba a mares y sonreía como si lo hubieran sorprendido cazando moscas con una palita. La maza era redonda de un lado y tenía un pico del otro. Todavía quedaban en pie los toalleros y una calcomanía que invitaba a ahorrar agua. Lo otro eran cascotes y azulejos entre los que serpenteaban caños aplastados.

—Hoy no hay función, estimado —dijo el fornido, que se bamboleaba bajo el peso del martillo—. Vaya a que le devuelvan la plata.

—¡Salga! —gritó Carré—. ¡Deje eso y desaparezca!

El tipo lo miró como si sintiera vergüenza ajena. Después empezó a reírse.

—¿Y el juguete? —señaló la pistola—. ¿Ni siquiera me va a amenazar? A mí me dijeron que éste era un trabajo peligroso.

—¿Quién se le dijo? ¿Pavarotti?

—No, Caruso —contestó el fornido y descargó un mazazo como para aplastar una vaca. Carré alcanzó a sacar el pie y sintió que el piso temblaba. Antes de que el otro consiguiera enderezarse le dio un rodillazo en la cara y levantó la pistola. El fornido se llevó las manos a la nariz y cuando vio sangre empezó a gritar en italiano y a buscar una piedra para devolver el golpe. Carré intentó pegarle de nuevo pero el otro llegó antes con una derecha en el estómago. Había comido tan poco que ni siquiera se ahogó. Retrocedió hasta la habitación donde el viejo custodiaba la única silla sana y se apoyó en la pared para tomar aire. El fornido salió del baño teñido de blanco, con el pantalón caído. Trataba de levantar la maza. Carré le disparó a las manos. La bala picó en el acero con un sonido seco y se le metió en la pantorrilla. El tipo retrocedió a los saltos y se detuvo bajo el marco de la puerta.

—Joder —dijo—, era peligroso el hijo de puta.

Carré lo miró alejarse a los tumbos por la escalera. El agua empezaba a correr por el pasillo hacia el ascensor descompuesto.

—¿Usted qué viene a romper? —preguntó el viejo y se sirvió un trago.

La mesa estaba llena de colillas, lapiceras y pelotas de papel. Entre los dedos sucios de tinta tenía un cigarrillo a punto de quemarle las uñas. Hablaba un inglés igual al de los agentes de la *Security*.

—Su cabeza —dijo Carré—. Si sigue haciendo barullo vuelvo y le rompo la crisma.

El viejo asintió y apuró el vaso.

—De paso traiga algo de comer —dijo y se subió a la mesa para sacar una pila de papeles que había escondido sobre el rollo de la cortina.

Al salir Carré echó un vistazo al baño. Una bomba no hubiera hecho el mismo efecto. En todo caso, pensó, el fornido no iba a volver por algún tiempo. Igual cerró su habitación con llave y puso la alfombra plegada contra la ranura de la puerta para que no entrara el agua. En el balcón no vio nada que lo inquietara pero igual decidió tomar algunas precauciones. Fue a buscar el jabón del baño para rayarlo y cubrir el piso de la terraza. Así había atrapado a un confidencial chileno cuando lo mandaron a Bruselas por el litigio de fronteras. Pero ahora no tenía más jabón y se puso a buscar algo parecido en el ropero y en los cajones del armario. En una alacena alta, que parecía condenada, encontró lo que necesitaba. Alguien se había olvidado una caja de jabón para lavar la ropa igual a la que le vio llevar al fornido. La puso sobre la mesa, abrió las bolsitas con mucho cuidado y con un vaso esparció el polvo por el balcón. Le alcanzó justo para cubrir toda la superficie. Ahora si alguien pasaba por allí dejaría sus huellas y el jabón se le pegaría en los talones. Carré se fijó abajo de la cama para estar seguro de que el agua no hubiera tocado al prócer y pensó que todavía estaba a tiempo de despertar a algunos alemanes. Marcó un número que le dio ocupado y discó de nuevo. Mientras contaba los llamados oyó que golpeaban a la puerta. Eso lo distrajo y al otro lado de la línea una mujer respondió con voz soñolienta. Carré colgó, contrariado, y fue a buscar la pistola que había dejado sobre la cama. Antes de responder se fijó en que el prócer estuviera bien escondido.

—Monsieur! ¡Por favor! —gritaba el borracho y golpeaba con los nudillos.

Levantó la pistola y abrió la puerta de golpe. El viejo tenía los pies en el agua pero ni siquiera se daba cuenta. Carré miró a uno y otro lado del pasillo y le hizo seña de que entrara.

—Perdone pero me quedé sin cigarrillos.

Carré le señaló el paquete que estaba sobre la mesa. El viejo prendió uno y se sentó en la cama.

—No hay caso, no sale —dijo en voz baja.

—¿Qué es lo que no sale?

—La fuga de Sarah. Es una fuga hacia adelante, por encima de su educación sentimental. Una actitud más bien religiosa o moral, llámela como quiera. Ya la escribí seis veces y no funciona.

—Pruebe sin whisky.

El viejo sonrió con un dejo de amargura.

—Cuando empecé pensaba que era una historia de odio, pero ahora no estoy seguro. Me miro al espejo y no hay nada. Llevo escritas veinte novelas y siempre me pasa lo mismo.

—Es que ya no hay nada en los espejos —dijo Carré—. ¿Puedo ayudarlo en algo?

—Nadie puede. Lo tengo todo en la cabeza, palabra por palabra, pero aquí no hay nada —se tocó el pecho—. Necesito un odio profundo, un odio de mujer herida, y lo único que tengo es indiferencia. Tal vez esté demasiado viejo. Perdone que le dé la lata pero estoy un poco borracho y ando con insomnio.

—¿Qué hace en este lugar?

El viejo movió la cabeza como si no estuviera muy seguro.

—Me invitaron a dar una conferencia y se olvidaron de pasar a buscarme. Tengo los gastos pagos.

—¿Los muebles también?

—Supongo que sí. Hay gente que piensa que soy un buen escritor pasado de moda. El *Times* dice que hasta puedo ganar el Nobel.

—Seguro. ¿Cómo me dijo que se llamaba?

—Tom, si le parece. Ahora no me atrevo a darle otro nombre. Mi autoestima anda por el quinto subsuelo.

—¿Quién era el tipo del martillo?
—Gente de la casa. A veces se les pierde la mercadería y se ponen nerviosos.
—¿Y por qué se les pierde?
—De descuidados que son. Usted sale un momento de su habitación y corren a dejarle el paquete por si viene la policía. De vez en cuando cae un borracho que tira todo al inodoro y entonces mandan un albañil a rescatar lo perdido. No es mala gente pero de drogas y de hotelería no entienden nada.
—Vamos, Tom, esto no parece un hotel.
—Nunca hacen las camas ni cambian las toallas pero Roger suele visitar a los clientes para ver si todo anda bien. Está lleno de putas retiradas, travestis y rockeros fracasados. No se preocupe, nadie lo va a molestar.
—¿Por qué se llevaron su máquina de escribir?
—Habían puesto unos sobrecitos adentro y no los podían sacar sin romper el teclado. No sea demasiado severo con ellos. Me prometieron que mañana me la traen. Yo igual hago mis dos páginas por día, llueva o truene. Mejor dicho, las hacía hasta que me quedé bloqueado con Sarah.
—Y por eso rompe los muebles.
—Trato de odiarla, eso es todo.
—¿Sabe? Me parece que voy a tener un disgusto...
—¿Por qué, si usted no escribe?

—Encontré una caja de jabón y la desparramé en el piso del balcón.

—Eso es mucha plata tirada. ¿De qué se ocupa?

—Soy un espía muerto de un país que no existe.

—Eso debe ser incómodo.

—No sé quién está de mi lado ni quién va a matarme. Me hicieron una cara nueva y tengo que aprender a vivir con ella. No conozco una sola persona que tenga una foto mía para saber cómo era antes. Lo que usted ve es una máscara.

—No es el único, hombre. Mire a su alrededor. La gente descubrió que es más llevadero usar una cara ajena. Un modelo con una historia bien armada siempre es mejor que andar preguntándose quién es uno. Si usted lleva la cara de Elvis Presley ya se siente alguien, ya tiene una vida vivida, una leyenda, no necesita cazar la ballena blanca.

—Sí, pero yo además tengo un muerto abajo de la cama. Creo que a usted se lo puedo decir.

—¿Lo mató usted?

—Tiene más de un siglo.

—No se preocupe, Roger lo va a entender. Aquí los clientes son una excusa. ¿La mercadería está en el balcón, me dijo?

El viejo se levantó y fue a encender la luz de afuera.

—Carajo, qué desperdicio.

—¿Roger es el dueño del hotel?

—Roger Wade, sí. Cuando era joven publicó una buena novela y después nada más. Los críticos creen que desapareció en Marruecos y lo adoran. Le hicieron una leyenda y tiene que cuidarla. No puede volver a publicar porque rompería el encanto.

—Entonces es un hombre muerto.

—Algo así. Compró el hotel y armó una especie de fundación para escritores inéditos. La condición es no publicar nunca. Ahí se ven los valientes. Una vida escribiendo para nadie, sin lectores ni posteridad. El chico ese al que usted le arruinó la pierna tiene un par de novelas que avergonzarían a Pynchon, a Handke y a toda la chusma literaria.

—A mí me pareció un pistolero de morondanga.

—Es que no tienen ninguna experiencia. Roger está tratando de sacar el negocio adelante pero si no pone un poco de orden la leyenda se le va a venir abajo.

—¿Por qué rompieron su baño?

—Eché un par de bolsas de hachís en el inodoro y tiré la cadena. Eso los pone nerviosos, pero si me pegan salen en los diarios. Mandaron a Fred a ver si podía destapar la cañería.

—Con tanto ruido va a caer la policía...

—La policía llega cuando usted ya vendió y tiene la plata, si no dónde está la ganancia. El problema de Roger es cómo mandar la mercadería a París o a Londres. Si resuelve eso está salvado.

—Si quiere puede venir a dormir aquí. Yo ya me iba.

—Le agradezco. Creo que antes de mandarse a mudar va a tener que explicar por qué anda tirando cocaína por la ventana. No sé si la historia que me contó le va a servir. Ahora si me permite voy a tomar un poco de aire en su balcón. Tengo que rehacer el capítulo con la fuga de Sarah y necesito estar bien despierto para odiarla con todas mis fuerzas.

21

Cuando salió del balcón el viejo estaba como nuevo. Saludó con un gesto y volvió a su habitación caminando derecho como si nunca hubiera tomado un trago. Carré sacó al prócer de abajo de la cama y volvió a ponerlo en el sillón. Lo notaba más pesado y al palparle los bolsillos encontró que estaban repletos. Ya sabía lo que era pero no quiso tocar nada antes de pensar en qué forma resolvería el problema. Fue a mirar afuera y encontró las huellas de los pies de Tom y el largo de su cuerpo marcado en las baldosas. Levantó un poco de polvo con los dedos y lo aspiró por pura curiosidad. Enseguida empezó a sentirse más entero, como si hubiera dormido veinte horas.

Nunca había probado cocaína y tenía un penoso recuerdo de la vez en que por error se había llevado unos sobres de un concierto de música pesada en Amsterdam. En ese tiempo su trabajo consistía en informar a El Pampero sobre los experimentos de alimentación aplicados a la ganadería holandesa. Estaba autorizado a asistir a las sesiones de heavy metal que organizaban los granjeros del sur. Entre las borracheras y los tumultos, Carré se internaba en los fondos oscuros de los establos y con un equipo especial de diminutas cucharas recogía al pie de los animales las muestras que le pedían de Buenos Aires. Ignoraba que los sobres para guardar la bosta holandesa eran idénticos a los que los *dealers* de la región usaban para aprovisionar a los granjeros. Una noche, en plena fiesta, le robaron todo lo que llevaba en los bolsillos y también los sobres recién cerrados que debía despachar al día siguiente. Cuando ya desesperaba de recuperarlos Carré vio a un petiso con aspecto de latino que barajaba decenas de sobres por debajo de la mesa. Eran tan iguales a los suyos que se quedó al acecho hasta que la luz se apagó y pudo recuperarlos en un forcejeo. Camino de la estación notó que tres hombres lo seguían de cerca y se refugió en los fondos de un monasterio. Allí quedó acorralado y a la madrugada le dieron una paliza tal que nunca más se metió con la droga.

Ahora que estaba en el balcón del hotel, acelerado por una extraña fuerza que le reanimaba las entrañas, miró la luz que salía de la otra habitación y se preguntó si la fuga de Sarah sería tan ardua como la suya. Volvió a la pieza y se sentó frente al prócer. Por un rato estuvo mirándolo como si esperara que empezara a moverse. Le había oído decir algo atroz respecto del futuro de la patria. ¿Qué secretos se había llevado? ¿Qué pasó con él para que todavía anduviera lejos y quisieran venderlo? De golpe se le cruzó por la cabeza que no le quedaría más remedio que entregarlo. Sería muy tonto hacerse matar justo ahora que se le presentaba la oportunidad de ganar millones.

Imaginó al prócer con un sable, cruzando montañas y valles desolados para ir a ninguna parte. Miles y miles de leguas andadas para nada. Batallas perdidas y triunfos sin premio. "En pelotas, sin comida ni pitanza", lo oyó decir. No pudo mirarlo a los ojos. Salió al corredor y se acercó a la puerta de Tom. Los papeles pegados en las paredes tenían frases sueltas, apuntes garabateados a la apurada. Entró sin hacer ruido y leyó "¡Bendrix, tengo miedo!". Y después, frente al baño destrozado: "Si pudiera me gustaría escribir con amor; pero si pudiera escribir con amor sería un hombre distinto al que soy". El viejo dormía con la cabeza apoyada en la mesa. El capuchón de la lapicera estaba en el suelo junto a la foto de un cuarto vacío. Las hojas escritas a mano habían quedado ocultas bajo las mangas del saco. Alrededor era como un campo de batalla. Le habría gustado leer alguna de las hojas apiladas bajo una taza sucia. Tom ya debía haber encontrado a su chica en la playa y sin embargo seguía ahí, ensuciándose los dedos con la huida de Sarah. Sacó unos cuantos cigarrillos del paquete y se los dejó sobre la mesa. ¿Y Bendrix? ¿Por qué había elegido ese nombre estrafalario? En uno de los papeles, leyó: "Si se tiene la seguridad de poseer una cosa no se necesita usarla". El viejo dio unos ronquidos y agitó la cabeza sin despertarse.

Carré abandonó la habitación en puntas de pie y una vez en el corredor lamentó no haber salido con la pistola. Un hombre flaco y alto, vestido con un traje blanco de verano, y otro más corpulento, de minifalda y medias de lycra, curioseaban alrededor del prócer. El travesti llevaba las orejas de Minnie Mouse y unas pestañas tan largas que conseguía parecerse al dibujo. El de blanco podía pasar por alguien recién llegado del Caribe, sólo que le faltaba el bronceado. Sostenía una vieja Luger con tal torpeza que Carré se tranquilizó enseguida.

—Disculpe la invasión —dijo el travesti—. Cambiamos las sábanas y enseguida nos vamos.

—Mi nombre es Roger Wade —intervino el otro—. Le estaba diciendo a su amigo que si precisan algo no duden en llamar al personal.

—No necesitamos nada —dijo Carré—. Avise que preparen la cuenta no más.

—¡Eh, no tan pronto! No se van a ir sin que los

invitemos a cenar, ¿verdad? Esta noche tenemos paella a la valenciana. Se la recomiendo.

—No se gaste —dijo Carré—, Tom ya me puso al tanto de todo.

—¿Tom? ¿Quién es Tom? —se sorprendió el travesti.

Carré señaló la pieza del viejo.

—¿Ése? Es un fabulador profesional, no le haga caso. Llegó borracho y hace una semana que está borracho. Les toca el culo a los mozos y a la mañana sale a pedir limosna por la calle.

—Yo lo vi toqueteando a una rubia en el bar.

—También —dijo el travesti con indiferencia—. Es un viejo amigo de Roger y hace lo que quiere.

—¿Es buen escritor?

—Hace novelas con intriga —dijo Roger—. Valen lo que la gente paga para leerlas.

—¿Y usted?

—Yo quisiera que conversemos un rato para ver si juntos podemos ayudar a su amigo. No sé lo que piensa usted pero yo no lo veo en condiciones de andar caminando por ahí.

—Yo me arreglo, no se preocupe.

—No lo dudo. Tenemos a Fred en la enfermería y en una de ésas se queda rengo para siempre.

—Parecía bastante fuerte.

—No se haga el cínico que no le queda bien —dijo el travesti y le cruzó la cara de una bofetada. Carré alcanzó a agarrarse del prócer que se puso a chillar y a insultar a Rivadavia.

—Tranquilo, Bibi —dijo Roger y le pasó un brazo sobre los hombros—. Vea, voy a serle sincero: la fundación anda en dificultades financieras y como van las cosas no podemos dedicarle a la literatura todo el tiempo que quisiéramos. Bibi está con un largo poema al que le falta tiempo para ser la última referencia de este siglo miserable. Marc está logrando lo que Bernhard nunca pudo, pero necesita tranquilidad. Yo mismo preparo unos cuentitos cortos y para que funcionen tengo que vaciarlos de todo contenido. Eso lleva tiempo, le aseguro. No se asuste, no lo voy a aburrir con literatura. Usted es un profesional en apuros y nosotros podemos darle una mano.

—¿Y cómo, si se puede saber? Porque lo que es usted no tiene ni idea de cómo se maneja un revólver.

—Puede ser, pero podemos organizar un hermoso velorio y mandar el ataúd a París en veinticuatro horas. Eso siempre que el muerto no se ponga a gritar, claro.

—Ajá, ¿y yo?

—Usted es uno de los deudos y viene con nosotros en el tren.

—No está mal. ¿Y con Pavarotti qué hacemos?

—¿Quién es ése?

—El gordo alto que vino a verme al bar. Es un tipo rápido.

—¡Ése que agarramos anoche! —dijo el travesti—, el que se parece a Schwarzenegger.

—Cómo que lo agarraron —se sorprendió Carré.

—Marc se lo levantó en el hall y después en la pieza se quiso hacer el macho.

—Imposible. No hay pederastas en la Argentina. Eso no.

—Está encerrado en el sótano. Si quiere puede hablar con él...

—Ya ve que no siempre nos portamos como aficionados —dijo Roger—. Poco a poco vamos ganando experiencia. Tenemos que salir de la crisis, nada más. A propósito: su cirugía es de primera. ¿Dónde se la hicieron?

—En Viena. Parezco un imbécil, ¿verdad?

—Sí, pero con un no sé qué —dijo Roger.

—No sexualmente —intervino el travesti.

—Me refiero a otra cosa. Tiene un no sé qué de escritor sin inspiración. De esos que ponen la foto en la solapa del libro.

—No sé... —dijo Carré—, a veces me pregunto si no debería escribir mis memorias.

—Si se compromete a no publicarlas nunca, puede contar con el apoyo de la fundación.

—¿Y para qué las voy a escribir, entonces?

—En eso consiste el arte —dijo el travesti—, en la inexistencia del objeto y la negación del sujeto. Se publica por vanidad y la literatura no tiene nada que ver con eso.

—No sé si estoy de acuerdo —dijo Roger—. Kennedy Toole se suicida por pura soberbia. La soberbia del inédito. Además está seguro de que su mamita va a hacer publicar el libro.

—Se suicida por impaciente —contestó el travesti con desprecio—. Ya lo discutimos cien veces.

—Yo pensé que los libros se escribían para que la gente los lea —dijo Carré.

—Usted es agente secreto, ¿verdad? —preguntó Roger sin esperar la respuesta—. ¿Y en qué consiste su talento? ¡En que nadie se entere!

—A mí me conoce todo el mundo. Tengo una tumba con mi busto en París.

—Pero está aquí, vivo, trabajando como yo. Eso es doblemente genial.

—Sí, pero no tengo leyenda.

—De eso se trata, de crearla. Si usted publica está perdido. No hay leyenda, hay habladuría. Por eso cuando me dijeron que teníamos de huésped a un agente confidencial supe que nos íbamos a entender enseguida. Usted me presta a su amigo para ponerlo en un cajón y yo se lo devuelvo intacto en París.

—Sí, pero con Pavarotti encerrado en el sótano yo me pierdo el negocio. Él ya lo tenía vendido.

—¿Ve? —saltó el travesti—. Lo que ese tipo le proponía era publicar su obra maestra. Negociarla, arrojársela en bandeja a los comentaristas y los envidiosos. No, yo le ofrezco algo más noble, le propongo que su genio siga siendo inédito. Secreto como la creación. ¿Acaso conocemos a Dios? Sólo vemos su obra imperfecta y de ella deducimos que hay un autor.

—Sí, pero ustedes llenan el cajón de cocaína y se hacen millonarios. ¿O me equivoco mucho?

—Pongámoslo en otros términos. Vamos a ahorrar algo de dinero para ponernos a escribir.

—Vea, yo no sé si tengo su vocación. El prócer, acá, se pasó la vida en cafetines de mala muerte, comiendo porquerías y tragando bilis por la revolución. ¿Para qué? ¿Para terminar como traficante de droga? No, gracias.

—Ya que sacó el tema —dijo Roger—. ¿Qué se hizo de una caja que nos olvidamos acá en la pieza?

—Creí que era jabón en polvo.

—Puesto en París eso valía medio millón, señor mío.

—Vamos Roger —dijo el travesti—. No seas tacaño.

—Está bien. Le ofrezco una caja grande, para máquina de lavar, ¿le parece bien?

—No sé —señaló al prócer—; tengo que consultarlo con él.

—Piense tranquilo. Duerma un rato y a la noche nos comemos la paella. Ya lo tenemos todo planeado. Me falta su aprobación para escribir un relato de suspenso que pasa en un tren nocturno. Los personajes son un agente secreto, un muerto que habla y una banda de escritores que se han juramentado para no publicar nunca.

22

Cuando se quedó solo Carré puso al prócer sobre la cama y le cambió las pilas. Pese a la inquietud que le causaba tenerlo a su lado, durmió todo el día. Al atardecer se despertó sobresaltado por el ruido del picaporte. Reconoció la voz de Tom y se levantó a abrir la puerta. Recién entonces se dio cuenta de que el prócer había desaparecido.

—¡Mierda, se lo llevaron! ¿Usted no vio nada?

Corrió a buscar la pistola que había puesto bajo la almohada y se fijó si estaba cargada.

—Si va a andar a los balazos por ahí mejor me deja la botella en custodia. En un tiroteo nunca se sabe.

—Usted conoce a Roger, ¿no? ¿Cómo es?

—Un tipo desesperado al que se le escapa la juventud.

—No me haga literatura, me refiero a si es capaz de matar.

—Naturalmente, eso forma parte de su leyenda.

—¿Y esos payasos que están con él?

—Yo no los calificaría así. A mí me tratan bien porque me desprecian. Fui yo el que descubrí la novelita de Roger y el que empezó a construirle la leyenda. Es uno de mis personajes menos logrados y algun día voy a reescribirlo.

—No va a tener tiempo, Tom. Si el tipo ese le toca un pelo al prócer lo voy a matar.

—Le haría un gran favor. Hace tiempo que se lo anda buscando.

—¿Lo vio dando vueltas por aquí esta tarde?

—Vino a devolverme la máquina de escribir y me invitó a un velorio que van a hacer en el primer piso. Dicen que usted les vendió el muerto.

—Yo no les vendí nada. Es un héroe de mi país... ¿Por quién me toma?

—Usted sabrá. Voy a tener que ponerme una corbata. ¿No quiere tomar una copa conmigo?

—¿Por qué no? Yo también voy al velorio.

—Venga, ponga sus cartas sobre la mesa.

Carré guardó la pistola en el bolsillo y salió detrás del viejo.

—Para serle honesto tengo que decirle que leí sus apuntes mientras usted dormía.

El viejo pateó un mueble destrozado y empezó a arrancar los papeles de la pared.

—Pura matemática, ¿no? Faltan la pasión, la furia, el coletazo de la ballena...
—Póngase la corbata. ¿Qué sabe usted de la vida?
—Mire —empezó a gritar—, una vez me encerré una semana con tres mujeres al mismo tiempo. También había una negra y eso fue una verdadera tempestad. Yo pensaba en el capitán Ahab. Le envidiaba su tormenta. La pierna perdida, el honor arrojado a las llamas del infierno. Rayos y truenos, relámpagos y lloviznas; luces y sombras; huracanes... No estaba con putas: era mi mundo, mi mujer, su amante y mi amante. Años tratando de reunirlas, de amarlas a todas al mismo tiempo hasta el disgusto, hasta que aflorara el odio. Era mi única oportunidad, el momento de encontrar a Dios o tocar fondo. Entonces sentí de verdad lo que hasta entonces había comprendido racionalmente, como tantos cagatintas. Que la maldita ballena era mi imposible, lo que nunca alcanzaré, escriba lo que escriba y viva los años que viva. Por eso Sarah no funciona, porque se conforma con una sonrisa de compasión, acepta la amistad de un imbécil sin ningún talento y cree que el sexo es lo que se lleva entre las piernas...
—Péinese un poco, Tom. Voy a tomar un tren y tal vez no volvamos a vernos.
—Claro que no. ¿Conoce la historia? Un espía y

un escritor muy viejo vuelven en tren desde el extranjero. De repente el escritor tiene un vómito de sangre y lo internan en el hospital de un pueblito. No hay anestesia. Mientras lo operan escribe sus últimas líneas en la pared del quirófano. Hace mucho que no tiene nada que decir pero quiere intentarlo otra vez, dejar una señal, un adiós elegante, como el acróbata que ensaya la última pirueta.

—¿Y el espía?

—Fotografiaba todo. Después pasó un trapo por la pared y se fue sin pagar.

—Entiendo.

—¿Está seguro? Usted me dijo que era un espía muerto de un país que no existe. Linda frase, ahí está anotada. ¿Pero dónde puso el odio? ¿Lo vendió también?

Carré lo agarró de la camisa y lo apretó contra la pared.

—¡Pobre borracho! Mientras usted se acostaba con tres mujeres yo miraba mi entierro, ¿sabe? Solo como un perro, echando espuma, preguntándome para qué mierda me fui de mi barrio. No tenía ni una sola amante que me llorara, no podía pensar en la ballena porque en mi vida no hay ballenas. Ni siquiera sabía que en momentos así uno puede ponerse a pensar. Yo no soy muy inteligente pero a veces me asusta darme cuenta hasta dónde otros ya han decidido por mí. Me jode que venga un cura a mear en mi tumba. Yo no elegí lo que soy. Me cayó encima y ahora tengo que llevarlo hasta el final. Entonces viene un joven insolente y me dice que no quiere terminar como yo, que hay que vender al prócer para salvar lo que nos queda. Mire, no sé dónde está mi ballena pero si aparece voy a cazarla, nada más que para probarme que puedo hacerlo, que no me van a ganar así no más. ¿Sabe una cosa? Me gusta mi trabajo, me gusta saber que tengo buena puntería y soy rápido para tirar. Sólo que no sé por qué llevo un arma ni contra quién tengo que usarla. Le agradezco que me dé lecciones pero lo que necesito es convencerme de que no estoy viviendo para nada, que en alguna parte hay una chica que me espera en la playa.

—Ésa no es la ballena, compañero. La ballena está adentro suyo y es inútil fingir que no lo sabe. Un día de éstos le dará un sacudón y va a tener que ir a cazarla. Ahora, si me suelta vamos al velorio a ver de qué se trata.

Carré lo empujó contra la mesa y se quedó mirando la pila de papeles llenos de tachaduras y manchas de café. De la máquina asomaba una hoja en blanco. Las botellas se amontonaban en el suelo entre las maderas rotas. El viejo se tambaleó y se puso una corbata ya anudada que colgaba del picaporte.

—Un día, cuando Sarah consiga escaparse, me

voy a dar un baño y hasta es posible que me compre un traje nuevo.

—¿Adónde vive?

—Donde encuentro una historia. Compro una máquina de escribir nueva y ahí me quedo. Cuando termino dejo todo y tomo cualquier tren. Los cuatro matrimonios que tuve se arruinaron. No puedo echar raíces en ninguna parte. De chico quería ser maquinista, no sé usted.

—Creo que quería cantar tangos.

—Si volvemos a encontrarnos le voy a hablar de mi abuelo, que acompañaba a Caruso en las giras. Prométame que nunca va a leer un libro mío. Me gustaría mucho tener un amigo que no me confunda con el escritor.

23

El cajón estaba cerrado y rodeado de coronas en un salón sin ventanas. El viejo fue a sentarse en un sillón y a la segunda copa se quedó dormido. Carré quiso quedarse cerca de la puerta pero el travesti que estaba vestido de largo lo tomó de un brazo y lo llevó al lado del féretro. Enseguida Roger se acercó a darle el pésame y le dijo por lo bajo que el tren salía cinco minutos después de medianoche. También pasaron Marc con una máscara de Prince, el fornido, que caminaba con una muleta, y otros que tenían aspecto de asistir a un cóctel. Pavarotti apareció sólo un instante, bastante arruinado, entre dos prostitutas viejas que se lo llevaron enseguida. A Carré le costaba creer que El Aguilucho hubiera reclutado a un agente capaz de meterse en la habitación de otro hombre. Pensaba en eso cuando de repente recordó los guantes blancos de Olga. ¿Por qué se negaba a admitir que eran los mismos que le había visto en el baño del tren? ¿Acaso no tuvo siempre la certeza de que fue Olga quien le robó el billete de la contraseña? Ahora le parecía claro que ella trabajaba para otro servicio y que si consiguió hacerse pasar por el jefe de la red fue porque conocía el verso de Verlaine.

Tenía que hablar enseguida con Pavarotti. Tal vez fuese cierto que en París lo seguía para protegerlo. Se acercó al travesti y le pidió que lo llevara de inmediato a ver al que ellos llamaban Schwarzenegger. Lo condujeron a una pieza del subsuelo, donde lo custodiaban las dos viejas. Todo el trayecto estaba empapelado de poemas y textos escritos a mano en idiomas que Carré no sabía leer. Al verlo Pavarotti bajó la vista, avergonzado. Tenía la cara marcada por los puñetazos.

—No les crea nada, Gutiérrez. Me tendieron una trampa.

—Sí, pero subió a la pieza, ¿no?

—¿A qué vino? ¿A darme un sermón?

—¿Quién le dijo que me llamo Gutiérrez?

Pavarotti levantó los ojos, humillado.

—Es lo que averigüé en el servicio.

—¿En cuál?

—Oiga, ¿por qué no se fija si hay micrófonos?

Carré se puso los anteojos y revisó la pared. Después le hizo una seña a Pavarotti para que le hiciese pie y subió a mirar el cielo raso y el cable de la luz.

—Nada, hable tranquilo —se deslizó hasta el suelo y guardó los anteojos—. ¿Dónde le dijeron mi nombre?

—En Viena. Es un nombre creíble, que cabe en el bolsillo.

—¿Qué más?

—Me dieron la identificación en código. Se nos arruinó el negocio, ¿no?

—Parece que sí. Va a tener que vivir como yo, compañero. Pateando la calle y cagando en letrinas sucias. ¿Qué tal le suena como futuro?

—Hágame el favor, Gutiérrez, dígales que no me larguen. Si salgo soy hombre muerto.

—Mejor, así no tengo que matarlo yo.

—¿Y por qué me iba a matar? Si soy un fracaso...

—Lo mandaron a interceptarme, ¿no?

—No sea terco. Yo soy su hombre de apoyo. Dependo directamente de El Pampero.

—¿Ah sí? ¿Puede probármelo?

—No me haga reír. ¿Quién puede probar algo entre nosotros?

—¿Por qué no quiere salir?

—El ruso está en el hotel y se trajo un amigo.

—¿De qué ruso me habla?

—Del pistolero chambón. Está con un tirador de elite que los coreanos le prestaron a El Aguilucho.

—No diga pavadas, si a Vladimir lo liquidé yo personalmente.

—Mala puntería, Gutiérrez. Está más vivo que yo.

Carré se sintió herido en su amor propio. ¿Acaso no había visto la sangre y el agujero en la corbata?

—Empecemos de nuevo, ¿quiere? A Vladimir lo sacamos del Refugio para que formara parte de la misión. Usted estaba ahí cuando entré y le pegué un tiro con una bala de goma. Eso estaba fraguado pero después lo maté de veras.

—¿Michael Jackson era usted? ¡No me venga con cuentos!

—A ver Pavarotti, usted qué opina: ¿yo para quién trabajo?

—¡No me llamo Pavarotti! ¿De dónde carajo sacó eso?

—¿Para quién trabajo yo? Conteste.

—Yo qué sé. A usted lo sacó de Viena El Aguilucho.

—¿Ve esta pistola? Es la de Vladimir. Se la quité cuando lo maté en el bosque.

—También podría ser la del vigilante de la esquina. Déjeme tranquilo que ya tengo bastantes problemas.

—¿Qué sabe de esta gente?

—Son locos sueltos. Cuando disolvieron la KGB el Partido pidió auxilio afuera y le tiraron el paquete más pesado a Roger Wade para financiar el golpe de Estado. Son yanquis y alemanes que se quedaron colgando del pincel. Yo los entiendo, a mí también me pasó.

—¿Y cómo sabe todo eso?

—Porque descifro los mensajes de la CIA. ¿Usted no?

—¿Le parece que con el prócer a cuestas tengo tiempo de andar levantando mensajes?

—Perdimos la momia, Gutiérrez. Tres millones tirados a la basura...

—El que eligió este hotel fue usted. Decía que no quería terminar como yo.

—Cómo iba a pensar que andaba con el prócer... Usted es un irresponsable y eso lo voy a tener que informar a Buenos Aires.

—No creo que con lo que le pasó pueda informar nada. Le propongo un trato: me cuenta todo lo que sabe y yo me olvido del pibe ese.

—Si yo supiera quién mató a Carré... Ese asunto no me cabe en el bolsillo.

—Pongamos que lo mató usted.

—No, yo no fui. Cuando vaya a Buenos Aires me van a hacer un agujero por ese descuido. Usted sabe que el servicio siempre fue un despelote pero ahora no se entiende más nada. El ejército armó El Aguilucho para copar el servicio en el extranjero, pero como El Pampero no es ningún boludo se compró a varios oficiales del Estado Mayor. El problema es que el Presidente quiere controlar todo y le puso un ladero político al Jefe. Ahí fue cuando inventaron lo del Milagro Argentino.

—Bueno, pero si eso es cierto El Aguilucho también está enterado. No me sirve para saber de qué lado está usted. Probemos otra cosa. A ver, ¿dónde queda la oficina de El Pampero?

—¡La cambian todas las semanas, Gutiérrez! Cuando yo entré al servicio estaban en un barracón de la calle Villafañe, frente a la cancha de Boca. Después se fueron al Correo Central y ahora me parece que están en el lazareto de la Costanera.

—¿Con quién habló allá?

—Un tal Vargas, que era mormón.

—No lo conozco. ¿Qué tienen que ver los mormones?

—Vargas me dijo que estaban usando la red de ellos para recibir información. El puerta a puerta era más seguro que los confesionarios.

—¿Cuándo fue eso?

—El año pasado. Si me hubieran dejado hablarle a Carré no nos habríamos metido en semejante lío. El infeliz seguía mandando mensajes por los curas y el Vaticano le daba todo a El Aguilucho. Pero yo creo que Carré estaba avivado porque no había manera de descifrarlo. En esas cosas era de primera.

—¿Usted leía los mensajes de Carré?

—Algunos, cuando tiraba los papeles en la calle. Después se dio cuenta de que lo seguía y quemaba todo.

—Era buen confidencial.

—¿Carré? Le importaba un carajo. Si la momia se la hubieran dado a él ya estaría vendida y la plata guardada en Suiza. Era un tipo bárbaro. El Aguilucho lo tenía enchufado pero nunca pudo sacarle nada. Ahora, por qué lo mataron no entiendo.

—Para que lleve al prócer.

—No, si era un pobre tipo que robaba fruta en el mercado y leía novelitas pornográficas.

—Usted habla demasiado, Pavarotti. Como un guerrillero arrepentido.

—Todo al pedo —señaló la puerta—. Los que se llevan la momia son ellos.

—Eso está por verse. ¿Cómo es el coreano?

—Petiso, labios gruesos, nariz como una torta. De los que le meten un balazo por el agujero de la nariz y el forense no la encuentra hasta el otro día. No se mueve por poca plata, no crea.

—Bueno, elija. Viene a darme una mano o comunico su asunto a Buenos Aires.

—Eso es chantaje.

—Llámelo como quiera. Me sobra un arma y necesito ayuda.

—Para qué hacerse arruinar si el negocio está perdido...

—Hágalo por una causa, entonces. Como antes, cuando creía en la revolución.

—Usted es un idealista. Carré se le hubiera reído en la cara.

—Puede ser. Ya no sé para quién trabajo y creo que no tiene importancia. Nadie lo sabe. O en una de ésas sí, pero es difícil de aceptar. Enseguida vengo, Pavarotti. Hay que apurarse antes de que se nos escape la ballena.

—Quédese con su ballena. Ya la quiso cazar Lenin y vea cómo le fue. Yo soy más modesto. Me conformo con la gallina de los huevos de oro.

24

Subió lentamente los escalones de madera, tropezando en los agujeros de la alfombra, entre el empapelado roto donde se adivinaban marcas de cuadros y algunas indicaciones en alemán. La puerta del viejo estaba abierta y se oía el golpeteo de la máquina de escribir. Alguien le había dejado afuera una bandeja con salchichas que no había tocado. Sólo faltaban las botellas. Carré levantó el plato y se lo llevó a su pieza. Se sentó a comer en la cama y lamentó no tener un espejo para mirarse con más serenidad. Pavarotti no lo había reconocido; ni siquiera sospechó un instante que pudiera existir un vínculo entre Gutiérrez y Carré. Miró la pieza y se preguntó cuántos hombres y mujeres habrían pasado allí un instante de sus vidas. En esa misma cama se habían amado y odiado antes de comenzar otro viaje incierto como el suyo. Alguien se habría encerrado en el baño a llorar sin consuelo. Quizá flotaban en el aire los ecos de unas copas de cristal y el sonido áspero de un disco de pasta. Se sentía vacío y lejano como si acabaran de abandonarlo en una estación. Sobre la alfombra había un zapato del prócer caído de costado, con los cordones atados y la suela sin rayar. Carré se miró las várices inflamadas y lamentó que Stiller no hubiera iniciado su trabajo por allí. Empezaba a pensar que todo daba igual, que cualquier cosa que hiciera o dejara de hacer alimentaba un mecanismo perverso que nadie controlaba y lo devoraba todo. Era lo mismo que el prócer siguiera viaje con él o con otro. Nadie estaba seguro de nada y ni siquiera el viejo que tecleaba con furia en la pieza de al lado conseguía juntar el odio necesario para hacer vivir a su personaje.

Fue a levantar el zapato para echarlo al cesto y se dio cuenta de que era el único recuerdo que le quedaba de la misión. En otros tiempos guardaba boletos de tren y terrones de azúcar de los bares para recordar las ciudades por las que había pasado. Lo entristecía no tener a quién contarle sus cosas cuando fuera viejo y por eso cada vez estaba más convencido de que se moriría de golpe una noche cualquiera, sin molestar a nadie, y que al otro día un empleado de guardapolvo gris iría a tirarlo a la fosa común. Ahora no le quedaba ni siquiera eso. Podía morir en un andén, entre la multitud, como aquel hombre en una estación del subte de París. Todavía recordaba el maletín abierto y las cosas desparramadas en el suelo. Una vieja lapicera, una tira de aspirinas y la boca abierta por la sorpresa. Una chica lo cubrió con la máscara de Eric Clapton pero nadie se quedó a su lado. Tampoco Carré. Y nadie comentó nada en el tren.

Ahora estaba solo de nuevo. En la cara se le dibujó una mueca de ironía al descubrir una laucha que lo miraba fijo asomada a la puerta del baño. Parecía una miniatura de plástico que espiaba sus movimientos antes de tomar la decisión de atravesar la pieza. Tal vez estaba allí desde siempre y esperaba que los visitantes se fueran para pasearse a gusto. Carré miró la puerta abierta del balcón y calculó que por la cornisa podría llegar a un sitio donde hubiera algo de comer. Se quedó quieto, pendiente de esos ojos sin parpadeo, aguardando que tomara una decisión, que saliera a buscar su ballena. Sin duda la inquietaba el zapato del prócer que obstruía el camino. Podía ser una trampa. Alguien lo había puesto allí para llamar su atención y obligarla a desviarse del recorrido habitual. ¿Dónde estaba el peligro? ¿En el zapato o en quien lo colocó ahí?, se preguntó Carré. Tomar otro camino implicaba afrontar lo desconocido sin resolver la causa que conducía al peligro. ¿Le convenía más acercarse al zapato para reconocer el terreno? Le pareció que no, que era un riesgo prematuro e inútil. En su lugar él intentaría ganar el balcón para salir de la encerrona. Desde afuera podría echar un vistazo al otro lado del zapato y decidir si el hombre que estaba en la cama constituía una amenaza permanente o transitoria. Pero el balcón estaba cubierto de un polvo blanco de olor repulsivo y seguramente eso, y la entrada de Carré al cuarto, era lo que la había llevado a refugiarse en el baño. La puerta que daba al pasillo estaba cerrada y no podía correr el albur de salir a tontas y a locas en busca de un hueco donde esconderse. La vio moverse apenas y pensó que buscaba otra solución. El conducto de aire del baño o la rejilla del desagüe. Pero no; si pudiera salir por allí lo habría hecho antes en lugar de estar mirándolo. De repente se le ocurrió que si se mostraba así era para provocarlo. Era un juego en el que le iba la vida. Quién asusta a quién. Carré lo había jugado muchas veces. Antes de que saliera de Buenos Aires El Pampero le había hecho poner un perro muerto en la entrada de su departamento para que supiera que lo vigilaban. Quería saber si era capaz de conservar la calma. A veces le cambiaba el diario que le dejaban frente a la puerta. Le sacaba *Crónica* y le ponía *La Nación*. Con pequeños gestos le alteraba la rutina para sacarlo de quicio. Una vez le dejó una cadena de la suerte pero él rompió la carta en las narices de los confidenciales cuando salió a desayunar. Sabía que lo observaban desde la puerta del mercado y hasta allí fue a arrojar el papel hecho añicos. Al otro día mandaron a unos chicos a que le bajaran los vidrios a hondazos y desde entonces no volvió a romper una cadena. A veces se acercaban a ofrecerle marihuana o revistas del Partido Obrero, pero Carré sabía que lo estaban probando. En esos días aparecieron en su vida las únicas mujeres dispuestas a acompañarlo a su departamento y aunque se quedó con la intriga para siempre no respondió a las insinuaciones. Era posible que las mandaran del subsuelo del Correo Central. Según decía Pavarotti El Pampero estaba ahora en el lazareto de la Costanera. Entonces no recibía sus mensajes. Había estado trabajando para nada, devanándose los sesos para inventar historias y urdir conspiraciones que nadie leía. Sin embargo los confesionarios respondían al código de la Princesa Rusa y Olga le elogió la prosa de sus informes. Alguien, amigo o enemigo, le transmitía instrucciones desde Buenos Aires. ¿Mentían los curas? ¿Quién le mandaba tarjetas de felicitaciones para su cumpleaños? ¿Otro servicio? Probablemente. ¿Acaso él no les mandaba anónimos a los británicos? Uno de ellos solía caer al Refugio cantando tangos en inglés, con la letra cambiada. Los llamaba "Milongas de las Falklands". A ése le mandaba largos anónimos que ponían en duda su hombría. Era todo lo que podía hacer para vengarse. Esperaba a que otro confidencial encontrara el papel en el piloto de Vladimir y gozaba con las risotadas de los agentes. Era como jugar al gato y el ratón. Estaba harto de ser el ratón, de mirar sin entender. En lugar de esperar a ver qué pasaba iba a subir al tren para recuperar al prócer y después tomaría un avión para ir al lazareto y hablar personalmente con El Pampero. Tenía que contarle que la red era un infierno inútil en el que todos traicionaban sus órdenes. No tenía la menor idea de cómo era el Jefe pero no quería pensar que él mismo fuera un infiltrado. Necesitaba saber que podía saltar por encima de la intriga. Saltar, atacar, eso haría Carré si estuviera en lugar de la laucha. No necesitaba los anteojos para distinguir los pequeños dientes, la pata que rascaba nerviosamente el bigote y la cola larga e inerte que se desvanecía en la sombra del cuarto. Sabía que podía estar horas así, en la incertidumbre, esperando a que el otro tomara la iniciativa. Pero él tampoco iba a moverse aunque se moría de ganas de prender un cigarrillo. Bajó la vista para mirar el reloj y prestó atención al ruido de la máquina de escribir. ¿Podía el viejo con Sarah? En todo caso lo intentaba y nunca le habló de renunciar. Leería uno de sus libros si conseguía averiguar su verdadero nombre. Quería ver cómo era la ballena por la que rompía muebles y dormía en el suelo. Rogó que siguiera golpeando la máquina para no romper ese hechizo entre los ojos del baño y los suyos. Porque no recordaba a nadie que le hubiera dedicado nunca una mirada tan larga. Ni siquiera Susana. En el colectivo miraba hacia adelante y de vez en cuando sobre su hombro, pero nunca fijaba los ojos en él. Todavía la veía la tarde en que le llevó los paquetes cerrados a la pensión. Ni siquiera aceptó sentarse. Se quedó de pie, mirando al piso, a la victrola, como si le negara la entrada a su mundo. Y después sólo volvió a saludarlo en la calle, desde lejos. En ese tiempo Carré no sabía que el de Susana era un nombre de guerra, como el que llevaba él ahora, y quizá ése fuera su destino: ignorar, permanecer inmóvil, esperar a que la confusión creara un nuevo orden que siempre lo excluía. Los pensamientos se lo llevaron a otra parte y al abrir los ojos encontró la habitación desoladoramente vacía. Tampoco se oía la máquina de escribir del otro lado. Saltó de la cama sosteniendo el arma y buscó a la laucha por toda la habitación. Abrió los placares y fue hasta el balcón esperando encontrar sus huellas diminutas. Entonces la vio correr por la baranda, toda teñida de blanco, exhausta, tambaleante como si alucinara monstruos. Daba saltos a ciegas contra las ventanas, acelerada por la sobredosis y el miedo a los pasos que se acercaban. Por lo menos lo había intentado, pensó Carré, y levantó la pistola.

Puso a correr el agua de la bañadera y esperó a que se llenara sentado sobre la tapa del inodoro. Apartó los pedazos de espejo desparramados en el suelo mientras sentía el estómago revuelto. Un gusto ácido empezó a quemarle la garganta y pensó que le habían caído mal las salchichas. Levantó la tapa y se inclinó a vomitar. Al principio fueron arcadas secas y dolor en la espalda hasta que tuvo un mareo y se agarró del lavatorio. Las piernas se le aflojaron y fue postrándose hasta quedar de rodillas como cuando esperaba su turno en el confesionario. Trozos de espejo, aquí y allá, le devolvían fragmentos de un miedo sordo. El suyo o el del otro que había creado Stiller. Ese alguien lo observaba agazapado entre las baldosas sucias. Había disparado sin querer. La mano que levantó la pistola era la suya pero conducida por otro que estaba enquistado en su alma. Pero saberlo no lo ayudaba a perdonarse.

Se levantó y se mojó la cara. Si pudiera comprender qué había pasado en su vida para quedar atrapado entre el empleado de Morón y el confidencial de El Pampero, tal vez lograría evadirse. Pero cómo, si aun la muerte ya había ocurrido. Carré, el de Harrods, el del polígono, el de la cárcel alemana, estaba enterrado en el Père Lachaîse. Era otro el que cargaba con el prócer, pero quién. Cómo protegerse de él. Porque los recuerdos eran los mismos: un circo a oscuras, las risotadas de los chicos en el Tigre, la mano de su padre sobre la cabeza, Susana. ¿Podía Stiller extirparle el pasado de mañanas oscuras y adioses silenciosos? No, eso era lo único que no podían quitarle. Lo que llevaba adentro, entre la cara nueva y el asesino oculto. Poco a poco se daba cuenta de que no había crecido. Que era un chico jugando a las escondidas. ¿Qué hacía ahí persiguiendo pistoleros si ya habían cerrado el cine? Estaba solo en la pieza, disfrazado de Tarzán, luchando contra la almohada, dando saltos en la cama mientras su madre preparaba la cena. Había pasado a través del espejo y ahora se encontraba arrodillado y viejo mientras se llenaba la bañadera y escuchaba que el borracho destrozaba la máquina de escribir contra la pared.

Cerró la canilla y se limpió los zapatos salpicados. No quería quedarse en ese chiquero. Recogió sus cosas y salió al corredor. Encontró un desparramo de teclas y papeles esparcidos por el suelo. De la habitación de al lado salían un humo negro y un olor a maderas quemadas. Apartó con un pie los restos de la máquina, recogió una hoja arrugada y al levantar la vista vio al viejo frente al ascensor con un sombrero de ala baja y el sobretodo encima de la valija. Pasó hacia la escalera y lo saludó con un gesto.

—¿Ya se va?

—Tengo que dar la conferencia... pasan a buscarme.

—No anda el ascensor.

—No importa, yo sé esperar.

—¿Le prendió fuego a la pieza?

—No se preocupe. Soy un tipo mañoso y de ideas oscuras que toma demasiado. Sabrá disculpar si me puse insolente.

—¿No me va a decir cómo se llama?

—Sarah. Ya le escupí en la cara a mi marido y estoy saliendo de Londres una noche de llovizna. ¿Usted adónde va?

—A buscar mi ballena.

El viejo se tocó el ala del sombrero a modo de saludo y apretó el botón del ascensor.

—Si encuentra la mía me avisa.

—Seguro —dijo Carré y levantó una mano.

A medida que bajaba podía escuchar un estruendo de baterías y la voz desesperada de Bob Dylan. Vio a Marc con unos tacos altos y una guitarra de colores. Bajó otra escalera para ver si el Mercedes seguía en el garaje. Caminó pegado a la pared y encontró la llave puesta. Sacó una pistola y la guardó en un bolsillo. Marc no había tocado nada. Encontró el botiquín del prócer y el arsenal de herramientas y granadas que le había preparado Stiller. Al fondo del baúl había dos paquetes de yerba, un puñado de cintas celestes y blancas y una máscara de Gardel. Guardó un par de escarapelas, se puso la máscara y rehizo el camino.

En el hall había tantas valijas como para mudar a un regimiento. Se acercó al salón donde velaban al prócer y vio a Roger y al travesti que recogían flores y coronas. Vladimir y el coreano estaban en un rincón, como dos parientes acongojados. Carré no podía entender que Vladimir estuviera vivo y advirtió que había cambiado de traje. Ahora llevaba ropa cara, una corbata de seda y parecía más flaco. El coreano no le llegaba a la altura de los hombros y fumaba con boquilla. Ya no le importaba para quién trabajaban; tenía que reunirse con el prócer y para eso necesitaba la ayuda de Pavarotti. Lo había visto trabajar cuando lo seguía en París y sabía que era un confidencial serio y escrupuloso. Fue a buscarlo a la pieza donde estaba encerrado y como no encontró a las viejas que lo custodiaban golpeó la puerta.

—Soy yo, Pavarotti. Hágase a un lado que voy a tirar un balazo.

—No estoy, Gutiérrez. Vaya solo.

En ese momento pasó el travesti con dos valijas y aunque no lo reconoció le hizo una seña con la cabeza.

—Ya llegó el de la funeraria —dijo—. Se pueden ir despidiendo del tío.

Carré disparó contra la cerradura y abrió de una patada. Pavarotti estaba pegado a la pared. Lo miraba atónito.

—Usted es un sentimental —señaló la máscara de Gardel—. ¿Dónde la consiguió?

Carré le lanzó una pistola y puso la bala que faltaba en el cargador de la suya.

—Apúrese —dijo—. Tengo un coche abajo.

Pavarotti salió de la pieza y miró para todas partes.

—Cúbrame, Gutiérrez. ¿No tiene una máscara para mí?

—Camine para la escalera. La primera a la derecha.

En el hall, Roger y tres chicos cargaban el ataúd mientras un tipo flaco, con aspecto de tomarse el trabajo en serio, les daba instrucciones en alemán. Carré abrió la puerta y le indicó a Pavarotti el camino.

El Mercedes arrancó enseguida. Carré se quitó la máscara y aceleró por la rampa. En la calle pasó junto al coche fúnebre que se preparaba para ir a la estación y dobló por la primera avenida. Recién entonces descubrió que la ciudad era pulcra, chata y silenciosa.

—Zafé, Gutiérrez. Si me agarra el coreano no cuento el cuento.

—¿De dónde lo conoce?

—De cuando le robé unos planos de IBM que se llevaba para Seúl.

—¿El Pampero le encargó eso? —se sorprendió Carré.

—No, fue una changa que hice para la gente de Singapur. Desde entonces me anda buscando. ¿No le parece que tendríamos que comer algo?

Carré estacionó frente a un MacDonald's y cerró el coche con llave. Pidieron hamburguesas y Coca Cola y llevaron las bandejas a una mesa lejos de la entrada.

—Cada vez que pienso que se dejó soplar la momia me quiero morir. ¿Usted dónde aprendió el oficio?

—Yo entré acomodado. Mire, es hora de que le diga la verdad, no por usted sino por mí...

—No me diga nada, Gutiérrez. Y mucho menos la verdad, que después se arman unos líos bárbaros. Invénteme algo que podamos llevar juntos por un tiempo.

—Yo soy Julio Carré. Me pasaron a muerto y me cambiaron la cara.

—Carajo, eso me va a costar llevarlo. A Carré yo lo conocí mucho... ¿Por qué no me cuenta otra cosa?

—¡Es la verdad! El que me hizo esta cara fue Stiller.

—Es una linda historia pero qué sé yo... no cabe en el bolsillo.

—Podría darle pistas. El ojo de la patria, ¿le suena?

—Ni por las tapas.

—Bueno, soy yo.

—Parece importante. ¿Quién se lo puso?

—El Pampero en persona. En el confesionario de Santo Domingo me lo dijo. Antes de salir. ¿Usted es porteño?

—No, de Rosario, pero la Marina me agarró en Buenos Aires.

—No puede ser, no tiene edad para eso.

—Cabe en cualquier bolsillo, Gutiérrez. Estuve unos meses en Londres como uruguayo y después me endosaron lo de Carré. El tipo quemaba porque lo andaban buscando hasta los agentes de San Marino.

—De dónde sacó eso.

—De los informes franceses. El Pampero compró el descarte de la *Sureté* y ahí saltó que Carré se había cargado a un yugoslavo sin permiso, para ganarse unos mangos.

—Es falso. Fue un favor que le hice a Vladimir.

—La plata estaba en la cuenta de Carré. Plata negra, eso lo vi yo. Creo que lo liquidaron para no tener que entregarlo.

—No, no es así. El Aguilucho, ¿qué pito toca en todo esto?

—Vienen a limpiar el baño, a tirar la cadena. Tipos de Harvard, de Cambridge. El Milagro Argentino.

—Usted es de Harvard, me dijo.

—Sí señor. Ciencias de la comunicación.

—Y qué hace acá, cagado de miedo por un coreano.

—Quería irme, Gutiérrez. Rajar del circo. ¿Le parece que podremos recuperar la momia?

—¿Carré lo habría conseguido?

—Seguro, y la habría vendido al doble.

—Créame, yo soy Carré.

—Mire, si quiere ser el Pato Donald a mí me da lo mismo. ¿Tiene un plan?

—Creo que sí.

—Entonces vamos. A ver si llegamos antes que los del Milagro Argentino.

—A mí me dijeron que los del Milagro somos nosotros.

—Claro que somos, Gutiérrez. Un milagro que ni Dios podría explicar.

—Fíjese en el horario. Podemos subir al tren en Basilea y los agarramos de sorpresa.
—Vaya más despacio, Gutiérrez. No me gusta nada como maneja.
—A las dos de la mañana van a estar durmiendo todos.
—El coreano, no. Ése no duerme.
—¿Se acuerda del bar donde desayunaba Carré?
—Sí, siempre íbamos juntos.
—Bruno, el mozo de bigotes como manubrios...
—Una camarera, había. Pilar.
—Bruno nos puede guardar al prócer. Coleccionaba mariposas embalsamadas y tenía un sótano para él solo.
—No se embalsaman las mariposas, Gutiérrez.

Lo que hacía Pilar era reconstruir muñecas. ¡Afloje! ¿No ve la curva?
—Le chat qui fume.
—El qué.
—El café. Se llamaba Le chat qui fume.
—No. Le cheval qui boite. En el bulevar Raspail.
—Yo no pasaba nunca por ahí.
—Deje de delirar, Gutiérrez. ¿No quiere que maneje yo?
—Usted compraba *Le Figaro* todas las mañanas.
—Eso es verdad.
—No dormía nunca.
—Bueno, tres o cuatro horas en la escalera.
—Me pregunto si usted es el mismo Pavarotti que me seguía por todas partes.
—Tienen réplicas de todos los confidenciales, Gutiérrez. Por eso se pierden los sueldos. Yo hace tres meses que no cobro. ¿El borracho del hotel era de la *Security*?
—Me dijo que se llamaba Tom. Parece que es un escritor famoso.
—Todos se hacían pasar por escritores ahí. Parecía un rejunte de la generación perdida.
—Éste era legítimo. Los de la fundación fueron a romperle la pieza pero el tipo nada, seguía trabajando igual. Yo le conté un poco de mí y se puso a hablarme de una ballena blanca. No sé si se reía de mí pero me impresionó bastante.
—¿Se tomaba por el capitán Ahab?

—¿Cómo lo sabe? —Carré sacó el pie del acelerador y lo miró.

—Porque soy un buen confidencial, Gutiérrez. ¿A usted quién lo metió en el servicio?

—Un embajador radical... Allá va el tren. ¿Usted sabe manejar esas locomotoras nuevas?

—Se manejan solas. Páselo que necesitamos media hora de ventaja.

—De chico me gustaba ver pasar los trenes...

—Y yo quería ser relojero. Fíjese lo que es un reloj ahora —señaló el tablero del coche—. Un cacho de quarzo. Ni cuerda, ni ruido. Con nosotros pasa lo mismo, compañero. En un tiempo hacíamos tictac, metíamos bulla y en una de ésas el mecanismo fallaba. Eso se terminó. A la ballena blanca la cazaron hace muchos años y era la última, no se mortifique al pedo.

—Yo conocí una chica que hacía tictac. Uno le acercaba el oído y podía escuchar los latidos aunque fuera en el colectivo.

—¿Pudo ponerla en hora?

—No le encontré la cuerda, no sé. Oiga, ¿su padre vive?

—Anda por ahí, con una carterita al hombro. Un nostálgico de Perón. ¿Y el suyo?

—Me quedó un retrato, nada más. A veces me lleva de la mano pero siempre se equivoca de camino. ¿Se acuerda cómo era Carré? Digo, ¿qué aspecto tenía?

—Uno de esos tipos a los que no les para el colectivo. Tengo la foto, si quiere. ¿Por qué le interesa tanto?

—¿En serio tiene una foto?

—Un rollo entero —buscó en los bolsillos y sacó un recibo—. Tome, pase a buscarlas, si quiere. Yo no las necesito más.

—¡Carajo, cuánto le agradezco! Creí que no iba a verme más.

—Más despacio que ahí está la aduana.

Carré empezó a frenar hasta detenerse frente a la cabina. Miró el recibo y se lo guardó en un bolsillo del saco. Bajo las luces amarillas había dos gendarmes suizos con un perro de policía que fue a olfatear el baúl del coche. El más joven hizo el saludo de servicio y se acercó a la ventanilla.

—Pasaportes y papeles del coche, por favor —dijo en francés y asomó la cabeza con un aro en la oreja.

Carré buscó en la guantera pero el gendarme se desinteresó enseguida y le hizo seña de que siguiera viaje.

—Pobre gente —dijo Pavarotti, que empezaba a cabecear de sueño—. Qué vida de mierda.

—Duerma un poco que todavía falta lo más bravo.

Pavarotti se recostó y cerró los ojos. Carré guardó los documentos y vio el sobre con la biopsia del filatelista que asomaba entre los papeles del

Mercedes. Recordó la figura renga y espástica saliendo de la óptica. ¿Ya se habría enterado? ¿O la mala noticia era para el otro? Las imágenes del pasado se le hacían confusas y pensó que tendría que inventarse otras que las reemplazaran, como Pavarotti. Total, nadie se acordaba de nada. Pronto cruzaría el Rhin por el mismo puente donde lo habían canjeado por un camión de carne congelada. En ese tiempo nadie dudaba de que se llamara Carré y un coronel comunista le había hecho la venia antes de que cruzara el puente con las manos atadas en la espalda. Era una madrugada de nubarrones bajos y llovizna fría. Schmidt, el director de la cárcel, lo abofeteó en el patio, delante de los otros presos y le reclamó por última vez el dinero del Partido. Cuando lo subieron a un helicóptero pensó que iban a tirarlo al río. A su lado iba un militar tuerto que decía haber estado en Vietnam.

—Pensamos que usted era más importante para su país —le dijo mientras volaban sobre las luces de un camino—. Pedimos cien toneladas de cuadril y nos ofrecieron cinco. Estuvimos negociando un mes y no pudimos hacerlos pasar de veinte. Eso cubre justo lo que usted nos robó.

—Yo no robé nada. Todo fue un malentendido.

—Por supuesto. Su jefe pide un canje con todas las de ley, como los que hacemos con la CIA. Usted va a atravesar el puente caminando y ellos largan el camión con la carne desde la otra orilla. Cuando se crucen yo en su lugar me tiraría al río. A nadie le gusta recuperar un agente quemado. Si no quiere que le den un tiro en la nuca tírese al agua.

—No, si yo no sé nadar.

—Cómo que no sabe nadar. ¿Usted de dónde sale?

—Yo estoy en la parte científica.

—Le van a dar un pistoletazo, yo sé lo que le digo.

A orillas del río había una guardia de soldados alemanes y rusos. Carré pensó que El Pampero en persona estaría al otro lado presenciando ese momento histórico para la Argentina. Trataba de estar a la altura de los acontecimientos y cuando le preguntaron si quería tomar un poco de champán antes de emprender la caminata, aceptó con un gesto de orgullo. Un capitán con uniforme de fajina le acercó la copa a los labios. Carré bebió un trago y pidió que le permitieran entonar el Himno Nacional. No había banda de música pero igual lo cantó a todo pulmón bajo la llovizna mientras las tropas enemigas saludaban y en el cielo despuntaba el amanecer. Parado sobre un montículo de tierra, sacando pecho, Carré acentuó las estrofas del "O juremos con gloria morir" y sintió que las lágrimas le corrían por las mejillas. Después dos soldados lo llevaron hasta el puente y a la señal de una bengala que cruzó el cielo le dieron un empujón para que empezara a caminar. Ésa fue la primera vez que rezó con convicción. Mientras avanzaba por el puente y veía acercarse el camión, repetía un Padre Nuestro después de otro. De pronto, el camión aceleró enloquecido y escuchó los balazos que picaban cerca. Una mujer abrió la puerta de la cabina y se tiró de cabeza al río. Carré no sabía de dónde llegaban los tiros pero se daba cuenta de que eran para él. Oyó la explosión del camión en la orilla alemana y entonces se tiró al agua sin importarle lo que iba a pasar. Mientras se lo llevaba la corriente esperó a que las imágenes de su vida desfilaran por su cabeza, pero lo único que recordó fue el porrazo en el Tigre. Al recobrar el conocimiento estaba en una ambulancia con un tubo en la boca. Un médico joven le dijo que unos lancheros lo habían sacado del río y que pronto se pondría bien. Fue durante la convalecencia en el hospital, mientras se curaba de una pulmonía, que urdió la idea de vengarse de los alemanes. En ese entonces no podía admitir que en Buenos Aires quisieran deshacerse de él, pero ahora, mientras paraba el Mercedes frente a la estación de Basilea, pensaba de otro modo.

27

El Pampero quería sacárselo de encima, concluyó, mientras Pavarotti le explicaba la manera de apoderarse de la locomotora. Lo habían engañado y el día que entregara al prócer le darían el pistoletazo que le estaban debiendo desde la madrugada del canje. Pero ya no le importaba. No esperaba de la vida más que un interminable vacío. Pavarotti todavía estaba a tiempo, tenía un montón de fichas en la mano y podía elegir la mesa donde iba a jugarlas. Al final las perdería, pero aún se sentía seguro de sí mismo y eso lo ayudaba a mantener la ilusión. Todavía no estaba arruinado como Olga o Stiller, pero tal vez no había en él nada que arruinar. Llevaba el pasado de otros porque no tenía uno propio. Algo inexorable lo empujaba a las mismas conclusiones mezquinas que sus mayores. La traición era el único sobresalto posible en ese encierro de lealtades inciertas. Tarde o temprano todos olvidaban los sueños y abrazaban certezas efímeras, como cultivar rosas de invierno o vender un cadáver para retirarse a vivir en una playa. Carré admiraba secretamente al confidencial francés que se colgó de una viga el día en que cayó el Muro de Berlín. La razón de su existencia había desaparecido y no quiso prolongar la agonía con disfraces de ocasión. Ahora estaba incrustado en el cemento de algún edificio posmoderno y sólo Carré se acordaba de él.

—¿Está seguro de que puede tirar primero?

Levantó la vista pensativo y le dio una pitada al cigarrillo. Pavarotti apartaba el humo con un gesto de desprecio mientras marcaba el primer vagón con una cruz.

—Quédese tranquilo.

—Donde esté el coreano está el prócer. Yo creo que el vagón es éste —puso un dedo sobre el dibujo—. ¿Usted qué opina?

—¿Y después qué vamos a hacer?

—La parte del Museo Británico déjela por mi cuenta. Vaya a sacar boletos de primera así nos podemos mover por todo el tren. También hay que robar una máscara para mí y tratar de hacerle los bolsillos a alguien porque ando corto de divisas.

—Digo yo, ¿y usted qué sabe hacer?

—Planes. En Harvard enseñan eso. Apúrese que está por llegar el tren.

En la ventanilla dormía un rubio con nariz de payaso y una remera de Peter Gabriel. Carré golpeó una moneda sobre el mármol para despertarlo y miró a los que esperaban el tren. La mayoría eran jóvenes con mochilas, llenos de aros y trenzas, que miraban una televisión a pilas. Una de las chicas llevaba una gorra de policía londinense y marcaba con los dedos los sacudones de la música. Carré guardó los boletos y fue a sentarse en un banco donde dormía un chico que había dejado en el suelo la máscara de James Dean. Como al descuido Carré la levantó y se la puso sin llamar la atención. Cuando estuvo seguro de que nadie se fijaba en él, se levantó y volvió al bar. Era cierto que de lejos Pavarotti se parecía a Schwarzenegger, pero su mirada era tan frágil que le recordaba a la del tenor italiano. Le hizo una seña para que lo reconociera y se acercó a terminar el vodka.

—Usted es un campeón, Gutiérrez. Con eso parece mucho más joven.

—Póngasela usted y lleve una escarapela por si hay tiroteo. No quiero confundirlo con otro.

—No sea ridículo, ¿para qué quiero una escarapela?

—Ya que traiciona, hágalo por la patria. No va a ser el primero.

Le prendió la cinta al pecho y le palmeó un hombro. Pavarotti hizo un gesto de incomodidad.

—Usted bájelo al coreano. Los otros son unos cagones.

Carré se puso la máscara de Carlos Gardel, pagó y fueron hacia el tren. Las ventanillas estaban cerradas y los vagones venían mojados por el rocío. Pavarotti hizo una seña para mostrar el vagón postal y se detuvo lejos de la vía. Carré no podía sacarse de la cabeza el recuerdo de su humillante viaje a Viena. Eran los únicos que subían en primera y Pavarotti buscó un camarote vacío. El tren arrancó y tomó velocidad. Carré prendió un cigarrillo mientras el otro sacaba el papel donde había dibujado el plano. El guarda abrió la puerta, pidió los boletos y le señaló a Carré que estaba prohibido fumar.

—Usted sabrá informarme —dijo Pavarotti—. Nos avisaron de la muerte de un pariente y parece que lo traen en este tren.

—Sentido pésame —dijo el guarda—. Es la persona con más deudos que he conocido en mi vida. Así vale la pena morirse, ¿no?

—¿Dónde está?

—Con las encomiendas. Lo siento pero no lo van a poder ver hasta que lleguemos a París. Lo mismo les dije a los otros señores.

—Mis primos —dijo Pavarotti—. Hay uno que se vino desde Corea.

El guarda asintió.

—En el entierro de mi tía éramos tres —dijo—. Así sí vale la pena.

Se tocó la gorra y antes de salir insistió para que Carré apagara el cigarrillo.

—¿Vio? —comentó Pavarotti—. Le dije que lo traían con el correo.

—No hay que ser brujo para adivinarlo.

—Vaya a echar un vistazo, Gutiérrez. Cuando se saque de encima al coreano podemos desenganchar la locomotora.

—No sea cagón, acompáñeme que yo lo cubro.

—Mejor le vigilo la retaguardia...

—Vamos. Con esa máscara no lo pueden reconocer.

Atravesaron los vagones de primera entre la gente que fumaba en el pasillo. Carré pedía permiso y saludaba a unos y otros como si fuera a cara descubierta. Llevaba la mano en un bolsillo, apretando la pistola. En el coche de segunda empezó a abrir las puertas de los camarotes cuidando de no despertar a los pasajeros. A través de los vidrios distinguió a Roger que montaba guardia con una bolsa de palos de golf apoyada en el hombro.

—Vaya a verlo —dijo Pavarotti—. Dígale que perdió el tren y lo alcanzó con un taxi; no sé, invente algo.

—¿No ve que tiene un fusil? Mejor vamos por arriba.

—¿Cómo por arriba?
—Por el techo, a tomar la locomotora.
—Está loco. Nos vamos a matar.

Carré se quitó el sobretodo y abrió la puerta. El estruendo del viento y la lluvia cubrió el ruido del tren. Se tomó del pasamanos y se inclinó en el vacío. Le pareció que todo giraba a su alrededor. Le hizo un gesto a Pavarotti para que lo siguiera y asomado en la oscuridad trató de adivinar si podría apoyarse en la claraboya del baño. Revoleó una pierna, rompió el vidrio de una patada y tomándose de una rejilla de ventilación dio el salto. Sintió el golpe contra la carrocería y un dolor en la espalda, pero alcanzó a sostenerse con los brazos apoyados en la moldura del techo. Empezaba a resbalarse y movía desesperadamente las piernas para buscar un punto de apoyo. El viento lo sacudía y empezaba a arrancarle la máscara de Gardel mientras juntaba fuerzas para dar otro salto. Al fin la máscara se desprendió y Carré sintió la lluvia que le entraba en los ojos. Pegó un grito para darse coraje y balanceó las piernas hasta que enganchó el zapato en algo duro y empezó a trepar como por un palo enjabonado. Llegó al techo, agitado, escupiendo el tabaco de los pulmones, con puntadas en las várices. Levantó los ojos y encontró la negrura de la noche y una luz roja que debía ser la de la locomotora. Empezó a arrastrarse hacia el vagón postal. Pensó que adentro iba el prócer y que se estaría quejando porque lo había dejado solo. Quiso ponerse de cuclillas pero el viento lo tiró de costado y tuvo que agarrarse de una saliente para volver a acomodarse. Estaba empapado y avanzaba empujando con las puntas de los zapatos. Cerca de la locomotora encontró un tubo de aire. Mientras se tomaba de él para izarse le pareció oír un repiqueteo de campanas. Pensó que sería un efecto del viento o el ruido de las ruedas sobre un puente, pero al moverse sintió un golpe en el hombro y se dio cuenta de que había recibido un balazo. Abajo, entre el vagón y la máquina, distinguió una silueta agazapada. Pensó que si intentaba saltar el tirador le daría en pleno vientre. Necesitaba saber qué clase de arma usaba. Afirmándose en el tubo se quitó el saco y al tocarse el hombro sintió la herida. Enseguida escuchó un nuevo disparo. Tuvo que reconocer que el coreano hacía bien su trabajo. Era imposible volver atrás y el frío le agarrotaba los dedos. Tampoco podía quedarse ahí porque perdía sangre y tenía miedo de caer a las vías. A lo lejos vio las luces de una estación y esperó a que el tren pasara por delante para ver dónde se emboscaba el tirador. Fueron apenas unos segundos. Agitó el saco sobre el hueco y los tiros casi se lo arrancaron de la mano. Entre los destellos vertiginosos de las lámparas calculó que en ese lugar apenas cabía un hombre de pie y adivinó la enorme culata de acero de la locomotora. Era un escondite perfecto, sólo que el coreano había descuidado un detalle.

28

Apenas podía sentir el dedo en el gatillo. El viento le azotaba la cara y la herida empezaba a quemarle. Cada vez que el tren tomaba una curva tenía que aferrarse al tubo para que el impulso no lo hiciera rodar. El coreano tampoco podía verlo bien. Percibía sombras igual que él y por eso disparaba cada vez que intuía un movimiento. No necesitaba salir de su escondite. Defendía la posición entre el vagón donde iba el prócer y la culata de la locomotora. Carré se dijo que parecía un triste James Bond al que nadie esperaba de regreso. Se preguntó si el coreano tenía familia y mujeres que se inquietaran por él. Tal vez andaba distraído, porque no había tenido en cuenta que estaba metido entre dos moles de acero donde las balas podían rebotar de una pared a otra. Carré dobló el saco, lo retorció para quitarle el agua, y empezó a asomarlo lentamente por la ranura. Quería saber si el coreano podía distinguir los pequeños objetos que se confundían con la negrura del cielo. Comprobó que no y en lugar del saco puso la pistola. La inclinó de modo que la bala chocara contra un bloque de acero y picara contra el otro. Sabía que si no lo alcanzaba al menos lo pondría a la defensiva. Apartó la cabeza y apretó el gatillo. La explosión se apagó enseguida mientras el proyectil tañía y zigzagueaba como un buscapiés entre las planchas de acero. El coreano respondió con una ráfaga de metralla y Carré apartó la mano hasta que el ruido cesó. Entonces inclinó la pistola y tiró dos veces más, cambiando de ángulo. Oyó el repiqueteo y un alarido que le heló la sangre. Esperó un poco antes de mirar pero los gritos no paraban. Decidió asomarse y percibió un bulto que se retorcía junto a la puerta. Iba a disparar de nuevo pero la sombra dejó de moverse. Carré se incorporó y bajó cuidando de no resbalarse. Hizo pie y de pronto sintió que una cosa fría y cortante le traspasaba el tobillo. Lanzó un grito e intentó apartar la pierna pero la tenía atrapada en un cepo. Más tironeaba y más le parecía que los tendones se le destrozaban. Se volvió y encontró la cara del coreano que se removía con furia aferrado a un tobillo. Había conseguido clavarle los dientes y pensaba morirse llevándose su pierna. Temblando, Carré se agachó y empezó a darle culatazos hasta que consiguió que lo soltara. Ciego de furia, lo levantó por los pelos y lo arrastró hasta el tenue rayo de luz que salía del vagón postal. La bala le había entrado cerca de un ojo y tenía la cara tan sucia que apenas podía creer que siguiera con vida. Miró para otro lado, le apoyó el zapato en el pecho y empujó hasta que lo oyó caer entre las ruedas.

Estaba exhausto y le dolía todo el cuerpo. Llegó a la conclusión de que la gente de Roger manejaba la locomotora porque si no el maquinista habría detenido el tren al escuchar los disparos. Recogió la ametralladora y la Beretta del coreano y empujó la puerta del vagón. Estaba cerrada por dentro y para abrirla tuvo que romper el vidrio con la culata de la ametralladora. Saltó al interior y se encontró con paquetes y canastos de correspondencia bien apilados. En el fondo estaba el féretro apoyado sobre dos caballetes de madera. Se detuvo un momento a cargar la pistola y a ponerse el saco empapado. Empujó una mesa para trabar la puerta y fue a abrir una ventanilla. De tanto en tanto se veían a lo lejos las luces de alguna aldea perdida. Calculó que el ataúd pasaría por la ventanilla pero no podía tirarlo a esa velocidad sin que se destrozara. Se disponía a abrir la tapa cuando escuchó que alguien empujaba la puerta. Apuntó la Beretta y tiró dos veces. Las balas dejaron dos agujeros enormes y el ruido se apaciguó. Tenía que saltar con el prócer antes de que detuvieran el tren. Apartó bolsas y paquetes y al fin encontró una barra para hacer palanca en la tapa del cajón. Apenas podía mover el brazo. Calzó la pistola en una juntura del ataúd y disparó para abrir un agujero. Un reguero de polvo blanco empezó a caer al suelo y con un sobresalto de alegría oyó que desde adentro el prócer vivaba a Castelli y hacía un discurso sobre el heroísmo de los guerreros de Suipacha. Puso la barra en el agujero dejado por la bala y tiró hasta que las tablas se rompieron. Encontró los paquetes de nailon envueltos en hojas de diario. Apartó la mortaja y las astillas de la madera y tomó al prócer por los hombros. Tiró con todas sus fuerzas y lo sacó abrazado, a reculones. Por fin lo sentó sobre una caja y pensó que el movimiento del tren le devolvía la vida. Los chicos del hotel lo habían vestido de jeans, con una remera de Génesis y medias de colores. Temblaba un poco, igual que Carré, pero mantenía la cabeza erguida y la mirada altiva. Tuvo ganas de decirle algo, de contarle lo que le pasó desde que se separaron, pero sólo atinó a buscar en el bolsillo una escarapela empapada que le prendió en la solapa.

—No se preocupe, excelencia —le dijo—. Ya estamos juntos y nadie le va a tocar un pelo.

Oyó al otro lado una confusión de voces y el ruido de dos disparos. Pensó que Pavarotti debía estar en apuros pero prefería que lo matara la gente de Roger para no tener que hacerlo él. De repente alguien tiró contra la cerradura y Carré fue a protegerse detrás de un baúl. Por el marco de la puerta alcanzó a ver una cara de Batman que se ocultó antes de que pudiera apuntarle. Respondió con la Beretta y oyó un largo insulto en alemán. Decidió pasar a la ofensiva y fue gateando a colocarse al lado de la puerta. En ese momento Batman se asomó por entre los vidrios rotos. Carré lo tomó del cuello y lo atrajo hacia adentro mientras el otro pataleaba y gritaba. Por la misma ventana apareció un Robin de minifalda que tiró una ráfaga ciega al bulto. Un canasto de correspondencia se volcó encima del prócer y lo tapó de sobres y paquetes. Carré se arrojó al suelo y arrastró a Batman. Entonces notó que ya no se movía y al arrancarle la máscara le encontró dos agujeros en la frente. Era verdad que no tenían ninguna experiencia, se dijo, y respondió al fuego. En la huida Robin quiso refugiarse detrás del baño pero resbaló y se fue de cabeza por la puerta abierta al terraplén.

El de la máscara de Batman era Marc. Carré lo arrastró hasta la plataforma trasera de la locomotora y fue a espiar si no había alguien más. El tren corría solo, sin conductor, con todas las luces del tablero en posición de alarma. En el suelo encontró una gorra con la insignia del ferrocarril y pensó que los chicos habían tirado al maquinista por la ventana. No tenía la menor idea de cómo se manejaba un tren pero se sentó en la banqueta, agotado, a mirar las sombras del paisaje. De golpe se sintió en otro mundo. De chico nunca pudo tener un tren. A veces iba a mirar el de un vecino que lo hacía andar sobre una mesa llena de montañas y túneles iguales a los que ahora veía desfilar mientras fumaba y apretaba botones al azar. Levantó un auricular que gruñía sobre el tablero y escuchó una voz nerviosa que solicitaba la posición del tren. Se dijo que aunque descubriera la forma de pararlo sería difícil escapar sin que la gente de Roger se le echara encima. Lo mejor era buscar la manera de desprender la máquina y seguir hasta una estación donde pudiera robar un auto. Fue a echar un vistazo al gancho que tiraba los vagones y se dijo que tardaría una eternidad para liberar la cadena y el tornillo. Entró al vagón y levantó al prócer en brazos para llevarlo a la locomotora. Al oírlo cantar pensó que estaba feliz de volver a verlo. Avanzó apoyándose en los cajones y las paredes para no lastimarlo. Al llegar a la cabina de la máquina lo acomodó en el asiento del mecánico y empezó a tocar todas las palancas hasta que descubrió una que bajaba la potencia de los motores. Buscó el freno y se le ocurrió que podía usarlo para que Roger y los otros se dieran un buen porrazo. Amarró al prócer con una soga del correo y se sentó en el lugar del conductor. Esperó a que el tren saliera de la curva y bajó el acelerador de golpe. Todo empezó a corcovear y ahí no más mandó el freno a fondo. Se afirmó contra el tablero y miró al prócer que saltaba y salía despedido con el asiento. Los vagones golpeaban la culata de la máquina y muy atrás se oyó el estruendo de un coche que descarrilaba. Parecía que todo iba a ponerse patas arriba pero al rato sólo quedó el chillido de las ruedas bloqueadas. Carré se inclinó por la ventanilla y vio que algunos pasajeros saltaban y corrían como enloquecidos. Una sombra flaca se levantó del suelo y empezó a tirar para cualquier parte, como si no entendiera dónde estaba el enemigo.

Carré no sabía si lo que había hecho era lo correcto pero al menos el prócer estaba de nuevo a su lado. Disparó una ráfaga al aire para agregar un poco de confusión y corrió a abrir el gancho. La cadena iba y venía con los golpes y contragolpes y al primer tirón la levantó como una tapa de cerveza. Con el impacto del vagón el tornillo se quebró y la locomotora se disparó sola. Atrás quedaba un aquelarre de gritos y balazos. No sabía bien quién peleaba contra quién. Una chica de pelo muy largo se había colgado de una ventanilla del vagón postal pero no podía pasar las piernas. Roger trataba de ayudarla mientras desde el último coche una máscara de James Dean hacía fuego contra ellos. Carré levantó el asiento, acomodó al prócer y aumentó la potencia del motor. La máquina empezó a ganar velocidad mientras Roger y la chica de pelo largo corrían a su lado y vaciaban unas Itakas bastante pasadas de moda. Carré se asomó y los saludó con la gorra del maquinista mientras la locomotora empezaba a deslizarse con serenidad a orillas de un lago de ensueño.

29

Abatido por el cansancio, se quedó dormido sobre el tablero de mando. Al amanecer lo despertó un estrépito de maderas rotas y una voz que llegaba del cielo. La locomotora había destrozado una barrera de la policía con señales de peligro y luces rojas. Cerca volaba un helicóptero con los colores de Francia. Por un altavoz los intimaban a detenerse y a Carré lo halagó que creyeran que lo suyo era obra de muchos hombres. A lo lejos, por un camino paralelo a las vías, corría un Volvo negro. Desató al prócer y decidió abandonar la máquina no bien el helicóptero se alejara. Esperó a que las vías se internaran en un bosque y fue a buscar el cuerpo de Marc que había quedado sobre la plataforma. Lo sentó bien derecho frente al tablero y le puso la gorra del maquinista. Ató la soga al acelerador y arrojó el cabo afuera. En un claro, al pie de la montaña, vio a un grupo de escaladores que preparaban sus aparejos y miraban pasar el helicóptero. Cerca habían dejado dos camionetas y un jeep con manchas de colores. Empujó la puerta y bajó el acelerador hasta que la máquina empezó a subir una cuesta a paso de hombre. Se apresuró a tomar al prócer por las axilas y lo bajó hasta sentir que arrastraba los pies en la tierra. Entonces lo dejó caer y se tiró atrás, corriendo como si se largara del colectivo. Atrapó la soga y la sostuvo fuerte para que el tirón accionara de nuevo el acelerador. El golpe le descalabró el hombro herido y lo arrojó sobre unos pajonales. Mientras se ponía de pie escuchó el rugido de la locomotora que ganaba velocidad y se alejaba bordeando los cerros.

Encontró al prócer con la cabeza en un charco y los brazos dislocados, pero estaba intacto. Al sentarlo lo oyó putear y quejarse de los artilleros y la caballería. Vestido con jeans parecía un chico extraviado a la vuelta de un concierto. Lo llevó bajo un árbol y se sentó a su lado a ver qué pasaba con el helicóptero. Le hubiera gustado fumar un cigarrillo pero el paquete estaba mojado. Tenía que olvidarse del dolor y la fatiga y llegar cuanto antes a París. No sabía si ése era el mejor lugar pero al menos allí estaba su tumba. Oyó, aliviado, que el helicóptero se alejaba detrás de la locomotora y fue a echar una mirada al campamento de los alpinistas. Dos parejas empezaban a escalar una barranca sobre la que se reflejaban los primeros destellos del sol. Más acá, junto a una carpa, estaban las camionetas y el jeep. Carré dio un rodeo y arrojó un tronco sobre el techo para ver si salía alguien. Esperó un rato agazapado entre la leña y luego se acercó a la primera camioneta. Estaba cerrada, igual que la otra y también el jeep. Miró para arriba y vio a los alpinistas suspendidos de las cuerdas, ya muy lejos del suelo. Sin pensarlo más se metió en la carpa y lo que vio le hizo creer que estaba soñando. Eran tantas las cosas que los escaladores tenían y que él necesitaba, que se quedó boquiabierto mirando a su alrededor. Todavía no había visto al doberman que lo esperaba bajo la mesa. Tomó los llaveros, un botiquín de remedios y apartó una caja vacía para acarrear las provisiones. Había cantidad de latas de comida, bebidas, vajilla, ropa seca, café en polvo, pilas y hasta una caja de preservativos que desechó con nostalgia. Agradeció a Dios tanta misericordia y recogió un paquete de cigarrillos que encontró junto a una bolsa de dormir. Iba a prender uno cuando escuchó el gruñido del perro. Empezó a retroceder en puntas de pie mientras movía el brazo sano para sacar la pistola. Entonces el animal le saltó al cuello. Tenía un cuerpo flaco y duro, con una mandíbula de tenaza que Carré apartó en la primera embestida. Sabía que si disparaba un balazo atraería a los alpinistas y a toda la policía. El perro le clavó los colmillos en la misma pierna que le había mordido el coreano y Carré se quedó quieto, apretando los dientes, hasta que perdió pie y cayó entre los cacharros. El animal lo sacudió como para desarticularlo y después fue a dar una vuelta, contento por su hallazgo, tirándose tarascones a la cola. Carré martilló la pistola. Ya se veía en una comisaría, como un confidencial de cuarta, tratando de explicar por qué andaba en el campo asaltando trenes con una momia a cuestas. Se sentó a esperar que el doberman encarara de nuevo y trató de alcanzarlo con un culatazo. Sus movimientos se habían vuelto tan lentos que el animal le arrebató el arma de un mordisco. Siempre pensó que tendría una muerte repentina y solitaria y ahora se imaginaba degollado por un perro. Se dio vuelta para buscar un palo o algo con qué defenderse y en el suelo, bien acomodado entre zapatos y pasamontañas, encontró un pico de alpinista. Enseguida le vino a la cabeza la historia del confidencial que mató a Trotsky. Fue sólo un flash que lo acompañó un segundo mientras descargaba el golpe sin furia ni cálculo, como un autómata. Después trató de juntar un poco de aire y se arrastró hasta una colchoneta. Apoyado sobre el lecho espeso y mullido pensó por primera vez que tal vez le tocara morirse de viejo, jubilado y tranquilo, como el asesino de Trotsky. Por qué no, se dijo, si había sobrevivido a tantas guerras. Quería volver a la Argentina, esperar el amanecer en la Costanera, escuchar los partidos y buscar a su chica en una playa desierta.

Juntó fuerzas para arremangarse los pantalones y rompió una sábana para hacerse una venda. Tenía el tobillo negro e hinchado pero lo que más le dolía era el brazo. Buscó alcohol en el botiquín y después de mojarse las heridas se tomó un trago que le quemó la garganta. Fue rengueando a correr la cortina de lona y miró la cumbre de la montaña. Había salido un sol tibio que anunciaba un día plácido y hermoso. Los alpinistas eran puntos de colores en lo alto, contrastados por el blanco intenso de la nieve. Fue a ver las camionetas y eligió la que tenía el tanque más lleno. Cargó lo que necesitaba en dos cajas y las acomodó con mucho cuidado. Se quedó con las llaves de los otros coches para que tardaran en hacer la denuncia y arrancó en dirección a las vías. Un poco más allá estaba el prócer, con un moscardón que le volaba alrededor de la cabeza. Lo llevó a la camioneta y le pasó el cinturón de seguridad. Por fortuna tenía suficientes pilas para que no se quedara en silencio. Manejó despacio con las ruedas sobre los rieles y para festejar el reencuentro abrió una botella de whisky. Pensó que cuando se alejaran de allí podrían parar a orillas de un lago a bañarse y comer algo. A medida que bebía se daba ánimo y se permitía contarle algunos chistes al prócer. Hablaba y se alegraba de estar vivo. Ya suelto de lengua le refirió historias del barrio, anécdotas del polígono y algunas proezas con mujeres que iba inventando a medida que hablaba. De tanto en tanto, pidiendo disculpas por la indiscreción, hacía preguntas sobre los héroes de la Independencia y creía escuchar respuestas que lo dejaban perplejo. Sin darse cuenta le tendía la botella al prócer y reía o se indignaba con lo que le parecía oír. En alguna parte oyó decir que también San Martín y Belgrano debían algunas muertes y lo tranquilizaba que el prócer se lo confirmara asintiendo con la cabeza.

Lo miró de reojo y vio que seguía imperturbable, opinando que sí o que no cada vez que las ruedas de la camioneta saltaban de la vía. A esa altura Carré ya estaba bastante borracho y sentía que la belleza de la vida está en las incógnitas y la incertidumbre. Su existencia misma era un cúmulo de misterios y ballenas imposibles de atrapar. Desvariaba en voz alta, ya salido de los rieles, inclinado en el terraplén, cuando por fin divisó un cruce y tomó la ruta con una maniobra que hizo crujir los neumáticos. El prócer cantaba la Marcha de San Lorenzo y él se puso a acompañarlo a todo pulmón. De tanto en tanto miraba el espejo y veía su cara inmutable, que no mostraba cansancio ni dolor. Encontró un cartel que indicaba la distancia y calculó que al anochecer llegaría a París. Encendió la radio y puso rock para mantenerse despierto. Trataba de hacer planes para el futuro aunque antes debía resolver si iba a pasar la noche en el bosque de Boulogne o si tenía que abandonar la camioneta por precaución. Lamentaba haber dejado el Mercedes. Si podía esconder al prócer en un lugar seguro volvería a buscar el coche a Basilea. Tendría que robar uno distinto todos los días y dormir en los suburbios donde no entraba la policía. Quería ir a tomar una copa al Refugio ahora que no podían reconocerlo y escuchar lo que se decía de él. Volver a las iglesias para tratar de restablecer el contacto con El Pampero. Le pediría que le mandara pasajes de avión para ir a entregarle personalmente el prócer. La cabeza le daba vueltas como un torbellino. Se le cruzaban las ideas para el futuro con los nuevos recuerdos que trataba de retener hasta en sus más mínimos detalles. Ahora debía varias muertes y, como San Martín, tenía una historia. De pronto tuvo la impresión de que empezaba a ver claro, a entender la misión que le habían encomendado y también al hombre que había sido el prócer. Tomó otro trago de la botella y volvió a mirarse en el espejo para congraciarse con su extraña cara de Milagro Argentino.

30

Recién entonces se dio cuenta de que había perdido los ojos celestes en alguna pelea. Los marrones de antes desentonaban un poco con la piel bronceada, el pelo rubio y la eterna juventud. Ahora veía que por más años que viviera llevaría siempre ese aspecto cínico e impersonal y la oculta desesperación de parecer sin ser. Andaba tan mareado que le costaba mantener la camioneta en la ruta y se sobresaltaba con los bocinazos de los que lo pasaban y las señales de luces de los que venían de frente. Por eso no advirtió la presencia del Volvo negro que se mantenía a distancia. En las partes más escarpadas de la montaña trataba de colocar una rueda sobre la raya amarilla y después dejaba que la camioneta se deslizara por la pendiente para pisar el freno en la curva y doblar de golpe. Lo divertían los cimbronazos de la carrocería y la canción entrecortada del prócer. De pronto empezó a sentir ruidos en el estómago y una sensación de urgencia en las tripas. Maniobró y tocó el freno para meterse en cualquier lugar del bosque donde pudiera ocultarse unos minutos. Iba tan descontrolado que la camioneta hizo una cabriola antes de golpear contra los árboles. Buscó un rollo de papel y salió corriendo sin prestar atención al Volvo que aparecía en la curva.

No tuvo tiempo de elegir el lugar. De espaldas a un árbol se agachó y cerró los ojos para que las cosas dejaran de dar vueltas a su alrededor. La humedad de la lluvia se evaporaba y levantaba perfumes de pinos y eucaliptos. Agarrado del árbol barajó la idea de ocultarse en el bosque hasta que se calmara el alboroto del tren. Necesitaba despistar a Pavarotti y al tipo que se hacía pasar por Vladimir. En las iglesias de la zona podía intentar una comunicación con Buenos Aires. Salvo que Pavarotti estuviera en lo cierto y que ahora fueran los mormones los que se encargaban del trabajo. Un par de veces estuvo a punto de desplomarse por el mareo. No escuchó el ruido de los pasos ni la voz que le pedía que levantara las manos. Seguía agachado, desenrollando el papel, y recién abrió los ojos al sentir que una cosa fría y dura se apoyaba contra su cabeza. Vio unas piernas con pantalones tiroleses y por el rabillo del ojo una pollera blanca abierta hasta el muslo. Rojo de vergüenza ocultó a sus espaldas el manojo de papel y trató de subirse los pantalones.

—Tendría que estar camino de Marsella, Carré. El barco está esperando.

Empezó a levantarse aliviado de que Stiller recordara su nombre, pero el caño de la pistola lo empujó para abajo.

—Las manos en alto, che. Sin moverse.

Carré lo miró a la cara. Si hubiera estado menos borracho podría haberlo derribado de un manotazo. Stiller llevaba un brazo en cabestrillo y anteojos gruesos. También en la nariz le quedaban marcas de la paliza. Más atrás, distante y desentendida, toda de blanco, Olga miraba las copas de los árboles. Carré reconoció los guantes y se preguntó si todavía llevaría aquellas medias llenas de agujeros.

—Si me permite... —dijo Carré en un susurro—. Enseguida estoy con usted.

—Habíamos dicho Marsella.

—Es que tuve problemas.

—Claro, pero ésta es la ruta a París. ¿Qué le pasó, lo agarró un camión? ¿Así cuida esa maravilla que le hice?

Carré se bamboleó y tuvo que apoyarse en el árbol. Stiller estiró una pierna y lo empujó para hacerle perder el equilibro. Estaba muy nervioso y Carré, tirado en el suelo, temía que se le escapara un tiro.

—Oiga, un poco de decencia que hay una dama —protestó.

—¡Yo te voy a dar decencia, mañoso hijo de puta! ¡Vamos, las manos en la nuca!

Carré decidió ignorarlo y terminó de limpiarse. Stiller martilló la pistola.

—Sin violencia —dijo Olga—. Ya tenemos bastantes problemas.

—¡Salute compatriotas! —gritó Carré y se incorporó canturreando—: *Alta en el cielo, un águila guerrera, audaz se eleva, en vuelo triunfal...*

—Se paró en un boliche —dijo Stiller, contrariado—. Yo le dije que era un irresponsable.

—Es verdad —dijo Carré, y trastabilló—. A ver: Los Angelitos, ¿dónde queda?

—Rivadavia y Rincón —intervino Olga—. Lo cerraron hace poco.

—Carajo... —Carré recordó que ahí había aprendido a bailar el tango en su adolescencia—. ¿Y La Fragata?

—Cerrado hace mucho.

—Sí, pero dónde quedaba. A usted, doctor, la pregunta es por 342 francos suizos: ¿dónde estaba La Fragata?

—Está borracho, Jefe. Lo voy a tener que meter en el agua.

—Sí, pero antes contéstele —dijo Olga—. Si no va a seguir así todo el día.

—¡Es que no me acuerdo! Yo era muy es-

tudioso, nunca iba a los bares.
—No sabe —dijo Carré—. Éste nunca fue a Buenos Aires.
—¿En serio no sabe dónde estaba La Fragata? —se sorprendió Olga—. El Tortoni conoce, ¿no?
Stiller sacó un frasquito del bolsillo y echó la cabeza hacia atrás para ponerse gotas en los ojos.
—Señora, yo soy una persona seria.
—¿Qué hiciste con la piba del tren, atorrante? ¿Le pusiste la cara de Golda Meir?
—Regálemelo, Jefe —rogó Stiller y guardó el frasco—. Tengo un gancho desocupado en la morgue.
—Carré le hizo dos preguntas, doctor —dijo Olga con voz helada—. La Fragata y la chica. ¿Qué hizo con ella?
—La torturó para que hablara y después la colgó del gancho —dijo Carré—. No sabe hacer otra cosa.
—¿Qué pasa? —balbuceó Stiller, desconcertado—. ¿Militamos en los derechos humanos, ahora?
Se había vuelto hacia Olga y descubrió que también ella tenía un revólver. Un Colt que hacía juego con la cartera.
—No se ensucie las manos, Jefe. Ya que me hizo venir deje que yo me encargue.
—Ya está, usted ya cumplió con lo suyo —dijo Olga y le hizo una seña a Carré—. Vaya a

cambiar al prócer de coche, ¿quiere?

Carré tropezó y se apartó con el rollo de papel en la mano.

—Corrientes y San Martín —dijo mirando a Stiller—. Ahí estaba La Fragata. No conocés los subtes, no conocés los bares... ¿Te acordás de mi cara por lo menos?

—¿Qué? ¿No está conforme? —sonrió Stiller—. Si hasta el profesor se moría de envidia. Es una joya, me dijo... Le tuve que regalar la suya para el museo.

—¿La mía? ¿El profesor se quedó con mi cara?

—Tersog se pasó a los japoneses —dijo Olga, sentada en un tronco con las piernas cruzadas—. Inventó un chip o un semiconductor, no me acuerdo.

—Un microprocesador de cien megahertz, Jefe. Se lo vendió a Toshiba. En Buenos Aires se le cagaron de risa. Seguro que fueron a estudiar los planos al Tortoni.

—Era hermosa y muy dulce, Clarisse, ¿no es cierto Carré? Siempre veía la belleza en los otros. Nunca conocí una persona así.

—Por eso le saqué la foto. Creo que metí la pata, ¿no?

—Bueno, Jefe —protestó Stiller—. Si van a hacer la telenovela nacional yo los dejo.

Olga se puso de pie, suave como un remolino de nieve.

—Yo la siento acá... —mostró una mano de uñas limpias—. Me despierto a la noche pensando en ella, ¿sabe? Por eso le pedí que viniera con la foto, doctor.

—Está podrido el servicio, Jefe. Si me mandan borrachos y lesbianas, ¿qué puedo hacer?

—Sufrir. A usted le duele un chip, a mí una amiga, a este señor la barriga —señaló a Carré—. El profesor le había arrancado los secretos al prócer, ¿verdad?

—De cada arruga se los sacaba, Jefe; cuando le abrió el cerebro casi se cae de espaldas. Les llevó todo a los japoneses, el traidor.

—A mí el prócer me contó que San Martín debía dos muertes —dijo Carré mientras se apartaba para vomitar—. Y que Belgrano no se cansaba de jugar al paddle.

Se dobló entre los arbustos y empezó a devolver el whisky. Sintió los ruidos de sus tripas y también una detonación apagada. Los pájaros abandonaron las ramas de los árboles y una cría de ardillas salió disparando entre las plantas. Carré maldijo el momento en que se le ocurrió abrir la botella. Sacó el pañuelo y se secó la transpiración del cuello. Tenía un cansancio profundo y todavía se sentía humillado. Podía quedarse dormido ahí mismo y ya no le importaba despertarse en una cárcel. Volvió al lado de Olga tratando de mantenerse derecho. Stiller estaba caído sobre un colchón de hojas secas. El frasco de gotas para los ojos había rodado al pie de un roble. Olga apartó los anteojos de una patada y se agachó a revisarle los bolsillos hasta que encontró la foto.

—Vaya, Carré, lleve al prócer al coche que estamos apurados. En Marsella lo van a curar.

—No hace falta —dijo mientras miraba el cuerpo del único hombre que hubiera podido devolverle su cara—. ¿Sabía que el prócer fue nuestro primer confidencial?

—¿Qué está diciendo? —Olga se rió sin ganas—. Si usted supiera...

—No sé, yo no sé nada.

—Entonces, ¿por qué le sacó la foto a Clarisse? Miró el retrato y una lágrima empezó a correrle por la cara. Carré comprendió que era ella quien le había robado el billete de la contraseña. Lo había usado cada vez que se lo propuso pero no le importaba porque era la primera persona que veía llorar después de mucho tiempo.

—Siempre soñé con una mujer así —dijo Carré—. Me lo paso soñando cosas imposibles.

—Por eso sigue vivo —dijo Olga—. Ahora déjeme sola un rato, ¿quiere?

31

Carré mudó las provisiones al Volvo, llevó al prócer y le puso una pistola en la cintura. Estaba tan agotado y dolorido que se acostó a descansar en el asiento de atrás. Escuchó vagamente el ruido del coche que arrancaba y el ronroneo del motor lo sumió en un sueño profundo. Se despertó de noche, sobresaltado, con un mal presentimiento. ¿Por qué se había dejado estar? Ahora el coche se enfriaba junto a un barracón desierto y Carré sentía el olor del mar. Olga y el prócer habían desaparecido y lo primero que pensó fue que ya nadie volvería a contarle las hazañas de sus héroes preferidos. Tenía las manos atadas a la espalda y debió hacer un esfuerzo para sentarse y abrir la puerta. Oyó a lo lejos una banda que tocaba La Marsellesa y de pronto todo se le volvió transparente. Pensó que Olga había entregado el prócer al enemigo y se sintió cómplice de esa traición. No tenía idea de la hora pero sabía que era tarde y que en alguna parte, cerca de allí, el prócer se alejaba otra vez de la patria. Corrió a lo largo del paredón, tironeando para aflojar las ataduras mientras trataba de ubicar de dónde venía la música. La calle de adoquines se había hundido bajo el peso de los tranvías y la basura se pudría en las veredas. Cada cien metros colgaba una lámpara que se balanceaba con el viento. Carré llegó hasta un portón desvencijado y buscó un borde filoso para cortar las cuerdas. Al terminar La Marsellesa lo sorprendió que la banda encadenara con La Internacional. Hacía muchos años que no escuchaba la marcha bolchevique y su primer reflejo fue levantar el puño recién liberado, como lo obligaban a hacer en la cárcel de Alemania.

El aire traía la música por un callejón oscuro y hediondo donde se amontonaban cajones de pescado y contenedores repletos de ataúdes baratos. Cerca oyó el saludo de un barco y una salva de cañonazos que bien podían ser los que despedían al prócer. Se abrió paso entre los cajones, guiado por la música, hasta que desembocó en un muelle diluido por la bruma. En ese momento los músicos arrancaron con el Himno Nacional y Carré se quedó petrificado, sin saber qué hacer. En otro momento se hubiera puesto a cantar fuerte para que las voces de Olga y Pavarotti no se oyesen tan solas, pero sintió que no tenía derecho porque él había querido impedir que se lo llevaran. Subió a un contenedor y desde allí vio el féretro rodeado de fuegos vacilantes y banderas que flameaban sobre las cabezas de los soldados. Olga estaba vestida de negro y cubierta por un paraguas, igual que en el Père Lachaîse. Los relámpagos teñían el mar. Más allá, surcando aguas profundas, un lanchón británico arrastraba un barco de pabellón indescifrable. La banda acortó el Himno y el cura que le había orinado la tumba el día de su entierro sacudió inciensos y bendiciones. Un *bersagliere* italiano cubierto de penachos dio un paso al frente y sonó la trompeta del último adiós. Pavarotti, vestido de marrón severo, se acercó a besar el cajón y después saltó a la lancha. Carré levantó la mano para saludar mientras todos los sentimientos se le mezclaban y apenas podía contener las lágrimas. Olga plegó el paraguas y dos marineros movieron el ataúd para que la grúa se lo llevara ondeando en el viento, entre relámpagos amarillos y murciélagos perdidos. Carré pensó que después de todo había cumplido las órdenes de El Pampero y en el fondo de su alma sentía un orgullo reconfortante y sereno. Siguió con la mirada al prócer que se perdía entre la niebla, y supo que lo iba a extrañar como a un hermano.

Los soldados presentaron armas y el cortejo se

alejó con Olga a la cabeza. A Carré le pareció que el oficial francés que la seguía le apoyaba un revólver en la espalda. Bajó del contenedor y rehizo el camino hasta donde esperaba el Volvo. Quería dejarle un mensáje a Olga para que supiera que no le guardaba rencor. Se ocultó en la esquina y observó los portones que se abrían para dar paso a dos camiones de soldados y las limusinas negras de los oficiales. Esos movimientos le recordaban las ceremonias en las minas de Manchester y en las cloacas de París, cuando el Jefe lo hacía condecorar en secreto. Esperó a que la calle quedara desierta y como Olga no aparecía se acercó al coche para escribirle unas líneas antes de desaparecer para siempre. Le puso una esquela breve y se atrevió a dejarle un beso a modo de despedida. Estaba firmando con su verdadero nombre cuando escuchó pasos y por las dudas se agachó en el asiento. Era el *bersagliere* que se alejaba solo, con la máscara de Prince, canturreando un aire napolitano. Carré abrió la guantera para cerciorarse de que Olga no había dejado un arma. Sólo encontró los documentos del coche pero al apoyar la mano en el piso de la cabina se topó con la pistola que le había puesto al prócer. De inmediato se sintió mejor. Ahora debía buscar otro auto y manejar toda la noche. Pero antes quería pasear un rato por la playa. Se alejó calle abajo, extrañado por la tardanza de Olga, y mientras prendía un cigarrillo sintió un cosquilleo en la espalda, como el día en que Pavarotti empezó a seguirlo. La calle estaba tan silenciosa y mal iluminada que apagó el cigarrillo antes de esconderse en el vano de una puerta. Se quedó ahí, con la espalda pegada al picaporte y le pareció que otros pasos se silenciaban al mismo tiempo que los suyos. En diagonal veía las luces de los barcos y si contenía la respiración podía escuchar el rumor de las olas rompiendo contra la escollera. Se quedó quieto para acostumbrar los ojos a la penumbra. Tenía la pistola y disponía de tiempo. Pensó en Tom y se dijo que tarde o temprano descubriría su verdadero nombre y leería la novela. Recordaba que los personajes se llamaban Sarah y Bendrix y que era una historia de odio que se convertía en amor. Eso le alcanzaba para averiguar el resto. Ahora que había arriesgado la vida empezaba a sentirse digno de ser alguien. Tal vez ése era todo el secreto. Por primera vez sintió la necesidad de acercarse a una iglesia no para dejar un mensaje sino para confesar que no sentía culpa ni pena.

Estaba ensimismado y se sobresaltó con el ruido de un disparo que venía de la barraca. Enseguida escuchó un estallido de vidrios y una silueta de mujer saltó por la ventana. A toda carrera, con la pollera rota, llegó al Volvo. El coche se negó a arrancar. Durante unos segundos interminables sólo se escuchó el ruido de la batería que empujaba en vano. Un cuzquito blanco cruzó la calle y al pasar frente a un portón se puso a ladrar. Carré se dijo que ahí estaba el otro. Preparó la pistola y esperó agazapado. Al fin el motor se puso en marcha y se encendieron los faros. Toda la calle se iluminó y entonces Carré comprendió que se había equivocado. El cura estaba enfrente, apostado detrás de un quiosco cerrado, con una ametralladora que le asomaba de la sotana. El coche retrocedió quemando las cubiertas y otra bala golpeó la carrocería. El pistolero era tan descuidado que salió al descubierto, haciéndose el Mike Hammer. No había terminado de poner la rodilla en tierra cuando Olga le echó el coche encima y lo arrastró contra una pila de contenedores. Entonces el cura empezó a escupir fuego como si tuviera munición para toda la noche. El coche retrocedió para doblar por el callejón. Carré disparó contra el quiosco para cubrirle la retirada y se arrastró hasta una pila de basura. El cura tiraba desde su trinchera y los desperdicios volaban formando una polvareda de olor repugnante. Algunas balas pasaban arrastrando latas vacías y desparramando cascotes. Carré, apretado contra el suelo, esperaba el momento en que el otro tuviera que cambiar el cargador. Ya quedaba poca basura con la que cubrirse y tomó impulso para rodar hasta otro montón. El cura no era hábil con el gatillo pero estaba todo de negro y se hacía difícil distinguir su silueta. Carré no quería perder las pocas balas que tenía. Al oír el clic del percutor en el vacío se dijo que por fin llegaba el momento de hacerle pagar la ofensa del Père Lachaîse. Recordó la meada y el chicle que había recogido en la tumba y corrió a buscar otro ángulo para apuntar. No se le ocurrió que el cura podía llevar también un revólver y al escuchar el silbido de la bala se dejó caer en el medio de la calle, sorprendido y maldiciéndose. El cura siguió vaciando el revólver contra el empedrado. Las balas sacaban chispas de los adoquines que devolvían piedras y plomos para todas partes. Una bala pegó en la saliente de la vía y Carré respondió con dos tiros que sacudieron el quiosco. El cura se enfureció y cargó la ametralladora dispuesto a terminar el asunto de una buena vez. Justo cuando se asomaba para apuntar, el Volvo apareció en la esquina como un bólido y se llevó el quiosco por delante. Carré se cubrió la cara mientras le caían encima chapas y caños deshechos. Vio la sotana detrás del poste de la luz y le acertó justo arriba del crucifijo. Esperó un momento para verlo caer y corrió hacia el coche que lo esperaba con el motor acelerado. Olga arrancó a toda velocidad.

—Leí su mensaje —dijo—. Nunca hay que despedirse antes de tiempo.

—Carajo —suspiró Carré—, y yo que quería caminar por la playa...

—Allá vamos. Tenemos que cambiar de auto.

El motor hacía un ruido lastimoso y el viento helado entraba por un agujero del parabrisas. Llegaron a un restaurante de la costanera y Olga metió el Volvo en el estacionamiento más alejado.

—Voy a arreglarme un poco que parezco una bruja. ¿Sabe levantar un coche?

—Si no es de los nuevos...

—Pruebe esto —le alcanzó algo parecido a un control remoto—. Busque uno cómodo que el viaje es muy largo.

La miró alejarse hacia el restaurante con un maletín en la mano. Parecía una viuda respetable en busca de consuelo. Antes de pasar bajo la marquesina se detuvo a sacarse la arena de los zapatos. Al verla llegar, un chico de uniforme se inclinó y fue a abrirle la puerta.

Carré estaba en mangas de camisa y empezaba a tiritar. Revisó los bolsillos del pantalón aunque sabía de antemano que junto con el saco había perdido el recibo de las fotos que le había dado Pavarotti.

Tomó las llaves del coche para sacar el pulóver del baúl y al abrirlo casi se cae de espaldas: el prócer estaba ahí, otra vez de traje, como un borracho que duerme a pata suelta.

No lo podía creer. ¿Qué hacía el prócer ahí? Había visto la ceremonia de partida y ahora se encontraba con que todo estaba igual que al principio. ¿A qué jugaba Olga? Miró a su alrededor para estar seguro de que no lo vigilaban y sacó al prócer del baúl. Buscó pilas nuevas en la caja de las provisiones y se puso el pulóver antes de ir a abrir un Audi flamante. Apretó todos los botones del control remoto hasta que oyó las cerraduras que se abrían y se sentó frente al volante para romper la traba. Dio varios golpes secos sin conseguir nada y volvió al lado del prócer que esperaba sentado en la arena. Le quitó el saco, levantó el faldón de la camisa y le cambió las pilas con la esperanza de que le contara lo que había sucedido mientras él dormía. En cambio, el otro se puso a recitar unos versos del *Martín Fierro* y a insultar de nuevo a Rivadavia. Carré no estaba seguro de que ese reencuentro lo hiciera feliz. Había derramado lágrimas por él y empezaba a acostumbrarse a la idea de la separación, cuando de golpe se le aparecía de nuevo, como una novia arrepentida. Ya ni siquiera podía estar satisfecho por la misión cumplida. Tenía que pensar todo desde el principio. Sabía que no llegaría a ninguna conclusión pero se dijo que igual le vendría bien dar un paseo por la playa. Levantó al prócer por la cintura y fueron tambaleándose y cantando juntos hasta la orilla del mar. Se sentaron en la arena, frente a las olas, mientras caía de nuevo la nieve. Carré escuchó con atención los consejos del Viejo Vizcacha. Se preguntó qué hacía de ese lado del océano, tan lejos del Tortoni, corriendo detrás de una misión absurda. Cierto, estaba contento de haber despachado al infierno al cura meador. Eso le levantaba el ánimo. Se arremangó los pantalones y caminó con el agua hasta los tobillos pensando en la chica de la playa. ¿Era una rubia pequeña a la que podría tomar por los hombros o una alta a la que llevaría de la cintura? Le daba lo mismo. Eso sí, tenía que ser sensual y discreta como una mariposa. Y muy fiel, porque estaba en juego el prestigio de un confidencial argentino.

A lo lejos vio venir a Olga, recortada por las luces de la escollera. Llevaba de nuevo el vestido blanco y lucía espléndida con el cabello al viento y un pañuelo al cuello. Esperó en silencio hasta que ella lo tomó de un brazo y siguieron caminando. Iban como dos colegiales, hundiendo los pies en la arena mientras una ráfaga de nieve les daba en la cara. Carré no preguntó nada y se dejó llevar. Era lo que había esperado tanto tiempo y sabía que duraría poco. "Los sueños se van con la noche y sólo queda una bruma lejana e inatrapable", le había oído decir al prócer. Sintió la cabeza de Olga sobre el hombro pero ignoraba si buscaba cariño o consuelo. De los hombres como él las mujeres sólo pedían consuelo. Olga se apretó contra su pecho dolorido y entonó en voz baja un arrullo de muñecas. Carré le acarició el pelo y se inclinó a buscar sus labios. Suavemente, sin rechazarlo, ella lo apartó y empezó a quitarse la ropa. Ya desnuda le hizo seña de que la siguiera. Carré la vio entrar al mar y perderse entre las olas. Y él no sabía nadar.

Se miró con tristeza. Tantas veces había arriesgado la vida por causas ajenas y ahora no se animaba a jugarla por él. Perdido en la oscuridad, el prócer entonaba una marcha triunfal. Carré sintió que algo lo empujaba a ir detrás de su ballena blanca. Empezó a desvestirse mientras la buscaba ansiosamente en la penumbra. Saludó al prócer con una mano y caminó erguido hacia las olas. El agua lo arrastró un rato a la deriva hasta que sintió un brazo alrededor del cuello y vio la cara de Olga que reía. Se dejó estar mientras ella lo empujaba a la playa y se dejaba caer a su lado, graciosa y ligera como una silueta de papel.

—La extraño tanto —dijo y miró las nubes cargadas—. A veces pienso que no hay nada que valga la pena, que todo es inútil.

—El prócer dice que siempre fue así —murmuró Carré—. Hay que pagar la factura.

—Puede ser. Llevo años sola, persiguiendo sombras, sirviendo de carnada, acostándome con viejos asquerosos para arrancarles una confidencia. Igual me parecía mucho... ¡si yo vendía fichas en el subte!

—¿Y ahora qué?

—Nada. Ya no hay misión. Se acabó el Milagro Argentino.

—¡Cómo, si el prócer todavía está ahí!

—El barco no era nuestro.

—¿A quién les entregó?

—Stiller. Discúlpeme, por un momento pensé en usted.

—Ahora podemos tutearnos...

—No. Todavía soy el Jefe.

Carré recordó que todos los confidenciales eran intercambiables, apenas un simple número en un expediente, pero El Pampero había uno solo. No esperaba que fuera una mujer y temía verle el código. En el servicio se decía que lo llevaba tatuado en el pecho.

—¿Qué pasa si la matan?
—Nada. El Presidente elige otro agente y otro número.
—Clarisse conocía el código, entonces.
—Por eso Stiller la mató y yo tenía que matarlo a él. La obligó a hablar.
—Entonces si yo prendo el encendedor y leo el número soy hombre muerto.
Olga se rió de buena gana y le arrojó un puñado de arena.
—No es tan fácil verlo. Déme un cigarrillo.
Carré fue a buscar la cartera de ella y le alcanzó el paquete.
—No quisiera parecer vanidoso pero me gustaría saber por qué me eligió el Presidente.
—Acabo de hablar con él. La misión estaba entregada.
—No sospechará de mí, ¿no?
—Me mandó que le pusiera una condecoración especial. La del general Belgrano.
—¿En serio?
—Nos vamos a tener que vestir para eso. Y necesitamos música.
—Se ríe de mí.
—No. Los que se reían de usted eran los alemanes que lo llevaban a las cloacas.
—Cómo los alemanes...
—Un día se la vamos a cobrar.
A Carré se le ensombreció la mirada.

—Siempre me toca hacer el ridículo.
—Olvídese. Vamos a bailar, ¿quiere?
—¿Sólo bailar?
—Yo era buena en la milonga, no se crea.
—Pavarotti me dijo que ya no se usa.
—Claro que no, nosotros somos fantasmas del pasado, Carré. Figurines de Gardel, soldaditos de Lenin.
—Déjeme besarla. Una sola vez.
—Está bien. Ésta es la noche de su condecoración.

Bailaban apretados, moviéndose apenas, acariciados por la nieve. Del estéreo del coche salía un bolero pero ya no hacían caso de la música y cada uno soñaba cosas distintas. El prócer tarareaba un aire de otros tiempos, una canción olvidada que lo había alegrado una vez. Sólo quedaban a lo lejos las luces de la escollera y en la noche cerrada se recortaba el vestido blanco de Olga que bailaba con la chica del tren. De a ratos Carré llevaba a Susana de la cintura y ya no le hacía preguntas ni le guardaba rencor. Todo le parecía lejano y diluido en los labios de Olga, perdido en el calor de sus pechos. Se sentía ligero y contento de tropezar en la arena como si estuviera en una vieja película en la que todos los entusiasmos eran posibles. No la había herido y creía que no dejaba en ella ningún rastro, nada que pudiera recordar. Quizá un instante de alivio, una pausa breve como una siesta. La noche se iba, apartada de la pesadumbre y el silencio de otras en las que copiaba cadenas de la suerte y tiraba naipes de solitario. No le preguntó si también ella pasaba largos insomnios. Se lo había adivinado en los suspiros roncos y en los jadeos contenidos. Lo sintió en sus dedos ansiosos, desesperados por encontrar un lugar donde perderse. ¿Y Carré? ¿Qué cara tenía detrás de la que le puso Stiller? ¿Qué les esperaba ahora que ellos estaban de más, figurines de Gardel, soldaditos de Lenin? Tal vez un eterno baile sobre la playa desierta. Pasos que no dejan huella. Aires de milonga amodorrada y palabras vacías como las del prócer, que no paraba de repetir su casete de imitación. Sollozos largos de un violín de otoño. Heridas en el corazón y una monótona languidez, como decía el verso de Verlaine. Y sin embargo estaban vivos, aferrados uno al otro, esperando que el amanecer no llegara nunca. Carré fingía que las lágrimas de ella eran nieve derretida que podía apartar con una caricia. Acaso Olga no hacía otra cosa que compadecerse de él o le bastaba que la hubiese seguido al mar sin saber nadar. Estaban dentro del espejo reflejando a otros que no conocían. Figuras que giran y giran como muñecos de una caja de música.

—Vamos. No quiero ver el amanecer.
—¿Ya?

—Ya.

Carré le cubrió los hombros con el pulóver y se sonrieron con timidez. El prócer guardaba silencio, lleno de arena, con el saco desabrochado y el pelo en desorden como si hubiera bailado toda la noche. Recién entonces Carré se dio cuenta de que, fuera quien fuese, no había llegado a viejo. En una de ésas lo habían matado los disgustos, las traiciones o las batallas perdidas, vaya a saber. Lo acomodó al lado de Olga y fue a sentarse atrás sin hablar, inclinándose para salir del campo del retrovisor. Ella se calzó los zapatos y arrancó por la costanera.

—Tenemos que robar un auto —dijo—. Siempre estamos robando algo, ¿no?

Carré asintió en la oscuridad. También ella había tomado cosas suyas. La ilusión que tenía antes y que no podría contarse más. Le había robado su mentira piadosa y tendría que inventarse otro pasado, como Pavarotti, algo que pudiera caber en cualquier bolsillo.

—Aquél —dijo Olga—, el Toyota.

Carré hizo saltar el seguro de las puertas y llevó al prócer con él. Olga se sentó al volante y con un cortaplumas consiguió hacer girar la dirección.

—Maneje usted que necesito dormir un rato.

El motor arrancó con un sonido casi inaudible y Carré condujo siguiendo la costa hasta que encontró la salida a París. La nieve dejó de caer y con el alba asomó un sol tímido. Pensó que las cartas estaban echadas y que nunca más volvería a ver el mar.

34

Olga se despertó al mediodía y manejó hasta París mientras Carré soñaba que lo esperaban más noches de pensión y cadenas de la suerte. Al despertar se preguntó por qué lo veía todo negro. En la playa, mientras acariciaba los pechos de Olga, buscó en vano el tatuaje y ahora sospechaba que ella era un confidencial como tantos, que había fraguado su propia historia. Pero no, porque la vio en el Père Lachaîse y en la ceremonia del muelle. Y no cualquier confidencial llamaba por teléfono al Presidente desde un restaurante de Marsella. Para eso había que conocer la clave y poder responder a todas las preguntas. Carré no habría sabido qué decirle. Se hubiera sentido ridículo contándole que andaba a los tiros sin entender quién daba las órdenes. Además, sin quererlo había estado sirviendo de hazmerreír al enemigo que se burlaba de él condecorándolo en cavernas y cloacas. Un rato antes, mientras manejaba de noche, se paró en una cabina para llamar a Leipzig y logró colgar antes de que Schmidt lo atendiera.

Recordaba su altillo de París y trataba de borrarlo y convertirlo en un hotel particular de la Avenue Foch. Eso cabría mejor en un libro de memorias. El ómnibus que lo llevaba a las carreras de Longchamps podía ser una limusina negra con un chofer vietnamita. O mejor: un refugiado de Camboya que le contaba los horrores de Pol Pot. Vladimir podría ser un agente ruso del tiempo de los rojos. Sí, pero el comunismo se había derrumbado y esas historias no le interesaban a nadie. Tal vez era mejor inventar una aventura en el desierto durante la guerra. Sol de cincuenta grados. Noches de hambre masticando arena bajo el fuego de morteros y misiles. Al volver, Olga lo esperaba para brindar en una suite del Ritz. Todo cabía en el bolsillo. Pero ¿cómo publicar el libro sin delatarse? ¿Cómo hacía Tom para que la gente no reconociera su piedad en el odio de Sarah?

—¿Qué le pasa, Carré? ¿Está enojado conmigo?

—Discúlpeme. Estaba pensando.

—¿En la misión?

—En dónde vamos a dormir esta noche... En qué vamos a hacer con el prócer.

—Hay una pensión en la rue Alexandre Dumas. Le chien traqué. ¿Se va a acordar? Yo

paraba ahí. No hacen preguntas. Espere a que yo lo contacte. Ahora nos vamos a separar por un tiempo.
—¿Cómo? ¿Me abandona?
—Lo dejo a cargo. Me necesita el Presidente.
—¿Y qué hago con el prócer?
—Lo guarda en la pensión hasta que lo pasen a buscar de mi parte. Con la contraseña, por supuesto.
—¿Van a tardar mucho?
—Un año, diez, ¿qué más da? El tipo ya esperó tanto...
—¿Y si se olvidan de mí?
—Su número está en el expediente, ¿no? Cuando encuentre a los traidores, el Presidente va a lanzar de nuevo el Milagro Argentino. Se va a hablar de nosotros en todas partes y vamos a llevar al prócer a festejar por el mundo. Usted va a ir al frente de la comitiva, por supuesto.
—Anoche teníamos dudas, ¿no?
—Para eso están las noches, Carré.
—Yo la pasé muy bien.
—Espero que se haya olvidado. Fue sólo una medalla.
—Usted trabaja para El Aguilucho, ¿verdad?
—Yo soy un gerente, nada más. Ahora se viene una limpieza y después todo va a funcionar a la perfección.
—Sí, pero a mí no me van a quitar al prócer.

Olga detuvo el coche y sacó el espejo para arreglarse la cara.

—Piense en otra cosa. Junte estampillas, haga aerobismo, algo; en Miami tenemos un tipo que colecciona bolsas de los supermercados.

—El prócer se caga en Rivadavia todo el tiempo. ¿Usted no sabe por qué?

—El pobre guarda los rencores del pasado. Cuídelo que es una reliquia y de tanto en tanto lo vamos a necesitar.

—¿Para qué?

—La gente es tan sentimental... Oiga, no se haga ver por ahí, que no crean que mandamos otro agente.

—¿No puedo ir al Refugio?

—Ni se le ocurra. Y cuidado con las iglesias.

—Ahora estamos con los mormones, ¿no?

Olga se echó a reír y le tocó la cara con el lápiz de labios.

—¿De dónde sacó eso? Vamos a usar un satélite. El nuestro.

—Sí, pero yo cómo me voy a enterar...

—Hágame caso, cuéntese un cuento y sea feliz.

—Recién estaba brindando con usted en una suite del Ritz. Volvía de liquidar a un agente de los rusos. Es para armar mis memorias, ¿sabe?

—Perfecto. Vaya a su pieza y escriba todo el día. No se preocupe por el alquiler que ya está pago. A ver, repítame el nombre de la pensión.

—Le chien traqué. ¿Hay ascensor?

—Está en la planta baja.

Carré advirtió que al bajar se le deslizaban unos papeles que cayeron bajo el asiento. Iba a avisarle pero un súbito presentimiento se lo impidió. Olga se acercó a la ventanilla.

—Chau, Carré. Voy a hacer un buen informe de su trabajo.

—Anoche me dijo que estaba harta, que no tenía ganas de seguir...

—Pero sigo... Me dan instrucciones y tengo que cumplirlas. Trabajaba en una ventanilla y tenía un marido que me tiraba sobre la cama como una almohada. ¿Qué quiere? ¿Que pruebe de nuevo?

—Yo también tuve mis disgustos, no crea.

—Por eso se metió en la red. Acá no hay amigos. Yo podría matarlo ahora mismo y esta noche ya me habría olvidado. ¿Usted no?

Carré se quedó en silencio, con la mirada fija en el espejo.

—¿Lo va a ver al Presidente?

—Mañana mismo.

—Dígale que no cuente conmigo. Si quiere hacer el Milagro que se arregle solo.

—Así no va a progresar en la vida, Carré —levantó una mano para llamar un taxi—. Siga en el Ritz. Ya mató al ruso, ahora le toca a Tersog que entregó su cara a los japoneses.

—No, Stiller dijo que la dejó en el museo.

—Si escribe un libro póngase un nombre inglés, si no quién lo va a leer.

Volvió a tocarle la cara con el rouge y se alejó. Carré bajó del coche pero el taxi ya se perdía en el tránsito de París.

Guardó en el bolsillo los papeles que había perdido Olga y manejó al azar buscando un lugar donde abandonar el coche. En Saint Germain des Près encontró un sitio para estacionar y compró las máscaras de Laurel y Hardy. Le puso la del flaco al prócer y lo subió a babucha para cruzar hasta el Café de Flore. Cuatro turistas desocuparon una mesa en la terraza y Carré acomodó al prócer mirando al bulevar. Pidió un café con leche con medialunas y un coñac mientras el otro silbaba bajito con los brazos cruzados. Contó la plata que le quedaba y se dijo que tenía que conseguir una billetera con efectivo si quería comer de vez en cuando. Iba a instalarse en una pensión de mala muerte e imaginó al profesor Tersog en una mansión de Tokio, recostado al borde de la piscina, rodeado de geishas que le servían el té. Se preguntó si el mundo se enteraría de que el chip del año dos mil había sido inventado por un argentino. Se sintió vagamente orgulloso aunque Tersog fuese un traidor y tal vez un día tuviera que matarlo. ¿Dónde llevaba el prócer su chip? ¿En la cabeza o en el corazón? Cuando estuvieran a solas en la pieza le echaría un vistazo con más detenimiento. Mientras comía se acordó de Pavarotti que ya debía estar colgando de un mástil del barco, o en el fondo del mar con una piedra al cuello. Ahora se daba cuenta de que no era el Museo Británico el que quería al prócer. Sería la IBM o alguna empresa que iba a desarmarlo para estudiar el chip. Pero todavía estaba a salvo, tomando sol en la terraza del Flore, custodiado por un compatriota que no iba a abandonarlo.

Empezaría sus memorias con eso. No podía contar que los alemanes se reían de él. Tenía que cambiarlo todo. Buscarse un nombre inglés como le aconsejó Olga y escribir algo que fuera la verdad pero que no tuviera nada que ver con sus verdades. Terminó el café con leche, pidió cigarrillos y pagó con las últimas monedas. Le convenía seguir en ómnibus. Mientras anduviera con el prócer no podía bajar y subir las escaleras del subte. Apuró la copa de coñac y sacó los papeles que se le habían caído a Olga. Uno era la copia de las instrucciones de mantenimiento del prócer y el otro una servilleta en blanco del restaurante de

Marsella. Por pura rutina Carré les acercó con cuidado la llama del encendedor y antes de que la servilleta tomara fuego alcanzó a leer la escritura que empezaba a aparecer en color violeta. "Presidencia Nación toma conocimiento de falso contacto. Ordena abandonar la misión. CIA suprimirá agente. Regresar de inmediato a Buenos Aires. Mensaje recibido."

   Carré se quedó mirando la servilleta que se quemaba sobre el cenicero. Tomó la máscara de Oliver Hardy con el bombín negro y se la puso. Era la letra de Olga. Había apuntado la conversación con el Presidente que lo mandaba a la muerte con absoluta frialdad. "CIA suprimirá agente", se repitió en voz baja, mirando al prócer. Por eso Olga le había indicado la pensión de la rue Alexandre Dumas, para que lo ubicaran enseguida y lo sorprendieran descuidado. Se lo había dicho antes de partir: podía matarlo sin ningún remordimiento. El Presidente le dejaba el trabajo a la CIA que tenía amigos por todas partes y no fallaba nunca. El prócer había dado la vida para fundar la patria y ahora terminaría su viaje en Washington, o en el Silicon Valley cortado en rodajas, metido en una máquina de picar carne para que el chip del profesor Tersog apareciera antes en IBM que en Toshiba. Carré echó un vistazo a su alrededor, preguntándose si la orden ya estaba lanzada. ¿Adónde ir? ¿A quién recurrir? Tenía que ocultarse con el prócer hasta la noche y después dormir en un parque o en las cloacas. Y así todos los días hasta el último de su vida.

Podía abandonarlo y subir a un tren que lo llevara a Siberia, pero era inútil. Todos los confidenciales trabajaban ahora para la CIA. Cualquier pistolero de morondanga le dispararía por la espalda. Prendió un cigarrillo y puso otro entre los labios de Stan Laurel que tenía el bombín caído sobre la frente. Se dijo que quizá le dieran un día de respiro y tenía que aprovecharlo. Vio un ómnibus de turismo de dos pisos con la propaganda de Euro-Disney y no lo dudó un instante. Levantó al prócer y empezó a arrastrarlo hacia la salida. Dos muchachones de anteojos se levantaron, lo felicitaron por ocuparse del discapacitado y lo ayudaron a llevarlo hasta el micro. Carré les dio las gracias y alcanzó a quedarse con la billetera del más alto que tenía aspecto de intelectual. El chofer arrancó y puso en marcha una grabación en italiano que explicaba los monumentos por los que iban pasando. El prócer asentía con la mirada fija y Carré se durmió contra su hombro creyendo que estaba en Disneylandia.

Soñó con una voz chillona que hablaba como Mickey. Dejaban atrás castillos plagados de ogros que echaban fuego y entraban en paraísos donde danzaban Pluto, Minnie, Margarita y el Pato Donald con Huguito, Dieguito y Luisito. Llegaron a un pueblo del Oeste, entre tiroteos de cowboys y una horda de indios pintarrajeados que secuestraba a una muchachita blanca. Por todas partes se oían balazos y en los bares se abrían puertas batientes que arrojaban borrachos a la calle. Los chicos corrían locos de contentos. En medio de un desbande de vaqueros le gritó al prócer que se animara, que iban a pasarla bien. Los disparos sonaban apagados y fríos. Un Búfalo Bill de bigote postizo le acercó un sillón de ruedas con la insignia de Disney y entre los dos subieron al prócer. Carré le dio una propina, se ajustó la máscara de Oliver Hardy y se fue a pasear con su amigo por las calles de Oklahoma City.

Fue el primer sueño feliz después de tantas pesadillas. Le pareció que lo estaba viviendo de veras y se le hacía más distante la idea de la muerte. Cualquiera de los cow-boys podía ser un agente de la CIA mandado a liquidarlo. Pero qué podía importarle si estaba en el único mundo que recordaba con alegría. No iba a cambiar nada de eso si le daban tiempo para escribir sus memorias. Estaba adentro de las historietas, en las sesiones de tres películas del Mundial Palace y en el Italpark. Quería mostrárselas al prócer que no había alcanzado siquiera a imaginarlas, ocupado con tantas reuniones de Cabildo Abierto y campañas al Alto Perú. Cruzaron entre dragones y dinosaurios cabalgados por jinetes del futuro y ellos mismos cambiaban de colores bajo los efectos de las luces. Otros Laurel y Hardy caían por las escaleras y

Terminator se desvanecía, de pronto, en una catarata de cristales tornasolados mientras pasaba el tren fantasma manejado por un Drácula de pacotilla. Carré se torcía de risa y de miedo y se paró en un quiosco colorado a comprar chocolatines y vasos de Coca Cola. Un sargento de la Quinta Brigada de Iowa se presentó, cortés y polvoriento, y lo ayudó a subir al prócer para que conocieran el vagón del horror entre espejos deformantes y llamas abrasadoras. A Carré le pareció que su amigo reía aunque lo sentía crispado de espanto. Ahí pasaba la criatura de Frankestein cosida con hilos gruesos, tambaleante y amenazadora, arrastrando cadenas como el Fantasma de la Ópera. El Jorobado de Nôtre Dame saltaba por las torres llorando su amor imposible entre campanazos ensordecedores. Blancanieves y los siete enanitos iban perdidos en una noche de tormenta y los Tres Mosqueteros atravesaban Normandía en caballos tan blancos como el de San Martín. Figuritas que Carré todavía llevaba en el bolsillo. Micheli, Cecconato, Lacasia, Grillo y Cruz. Maschio, Angelillo y Sívori. Los goles de Sanfilippo. La voz de Perón enardecido. Luces encendidas de colores. Evita en el balcón y un perfume de yuyos y de alfalfa. Tarzán y Juana a las seis en punto de la tarde. El rugido de Tantor. El Indio Suárez acorralado y abajo un inquietante *Continuará*. Todos flotaban y se disolvían alrededor de un tren de plástico que pasaba por cavernas de gnomos y serpientes voladoras. Y de repente la puesta de sol en el asiento más alto de la Vuelta al Mundo. El prócer iba doblado hacia adelante, como si desafiara el vértigo, mientras Carré se tapaba los ojos para mirar dentro suyo antes de que llegara el último disparo. Se preguntó si el que moría escuchaba el ruido. Si sentiría el golpe y la angustia. Si alguien se acordaría de él. Expulsado por la red, muerto y sepultado, deformado por Stiller, al menos tenía el consuelo de ser útil a un muerto que tanto había vivido. Ahora sólo le quedaban sus héroes de pibe, imaginerías de cartón pintado que revoloteaban a su alrededor. Echar una moneda en la ranura y soñar. Ir de nuevo por los mares con el Corsario Negro. Surcar el espacio en la nave de Flash Gordon y hablar por el reloj de Dick Tracy. Sin futuro, sentía mejor los estremecimientos de otros tiempos. El mecano y el frompo, la escondida y la mancha, las cosas que lo habían hecho como era. ¿Qué cosas habían formado al prócer? Acaso la payana y la gomera. Las cuadreras de Mataderos. Los carnavales de agua cristalina en el Paseo de Julio. ¿Eran del mismo palo ellos dos ahora que no quedaban ilusiones ni ríos cristalinos? En todo caso el tiempo los había juntado para sepultarlos. Ahí estaba Jack el Destripador echándoles tierra en la tumba. Y un coro de chicos festejaba la escena. Desde lo alto de la rueda Carré miraba la ciudad de juguete y los fuegos artificiales. El ratón Mickey mil veces repetido en las calles y los actores que se preparaban para otra función. Todos los ganadores llevaban la medalla de Disney y no quedaba en pie otro mundo que ése. Los descapotables de Al Capone con las ametralladoras de grandes tambores y un ruido de cohetes baratos. Dos gángsters los invitaron a subir a un viejo Oldsmobile manejado por el Pato Donald y se sentaron al lado de los chicos. Así bordearon montañas de cartón y se internaron en nubes de celofán. Vieron el Diluvio Universal y el paso del Profeta. Todas las edades del universo desfilaron en el apacible sueño de Carré, desde el primer fuego al último robot que giraba en el espacio acompasado por un vals. Qué lejos le parecían la bolita y el trompo, qué irreales las muñecas que cerraban los ojos y decían "mamá". Todo se lo había llevado un viento de indiferencia. Ahora que los veía sudar bajo las máscaras, sus héroes se consumían como una vela, se apagaban como una colilla tirada en la vereda.

A medianoche todo terminó. Los disfraces caían con el apuro y el sueño. Carré caminaba al azar empujando el coche de María Antonieta con el prócer desparramado entre almohadones y estrellitas de cotillón. Un flaco bajito que se había quitado la cabeza de Pluto comía una hamburguesa y le hablaba con la boca llena a una pecosa con plumas de piel roja. Clark Kent se limpiaba los anteojos y Pete se quitaba la pata de palo. Carré sentía un gusto amargo, como si otro chico le hubiera robado las figuritas. Qué le importaba estar vivo o muerto. Sus héroes parecían los mismos pero los gestos habían cambiado. Todos llevaban una máscara encima de otra. Caretas de vencedores que lo habían perdido todo en el camino.

Cuando el chofer lo despertó Carré se dio cuenta de que estaban solos en el ómnibus. Entre los dos bajaron al prócer frente a una parada de taxis. No había gente en la calle y muy de tanto en tanto pasaba un auto. Sentado en el cordón de la vereda, el prócer silbaba el Nabuco mientras Carré preguntaba a los taxistas si le permitirían fumar en el viaje. Quería gastarse la plata en un último paseo a orillas del Sena y después pasar frente a la pensión donde lo había mandado Olga. No era la primera vez que se despedía de la ciudad pero estaba seguro de que ese viaje era distinto de los otros. Mientras miraba los reflejos de las luces en el río imaginó a su asesino trasnochando en un bar. ¿Le habrían mandado a un debutante ávido de notoriedad o un viejo rutero de Arizona? Quizás eran varios porque tenían que sacar al prócer del país. Le pidió al taxista que fuera más despacio y vigiló el reloj porque le quedaba poca plata. Cuando pasaron frente a Nôtre Dame, Carré aprovechó para encomendar su alma a Dios. Tenía muchas cosas que hacerse perdonar pero pensaba que el Cielo también le estaba debiendo algunos favores. Remontaron la avenida hasta la Bastilla, donde había un café abierto. El reloj corría demasiado rápido y Carré le dijo al chofer que los dejara allí. Con el vuelto compró más pilas y cigarrillos y volvió a la escalinata de la Ópera, donde lo aguardaba el prócer. Miró partir los coches con los últimos espectadores de La Traviata y le pareció oír los acordes de la orquesta en su vieja victrola del barrio de Flores. El prócer seguía con el Nabuco y eso le confundía las ideas. Tenía en la cabeza a Caruso, a Olga y al Pato Donald, pero también un vacío que debía llenar con la cara de su asesino.

Al lado del bar, atadas con cadenas, había dos motos y unas cuantas bicicletas. Se acercó y le dio la última moneda a un mendigo que simulaba cuidar los coches. Le dijo que su bicicleta era una que no tenía candado y el tipo le alcanzó una Legnano roja de cinco cambios. Carré lo saludó y se fue bordeando la plaza hasta llegar al teatro. Acomodó al prócer sobre el cuadro, recostado contra su hombro, y pedaleó en busca de la pensión. Puso la luz y tomó una calle estrecha que desembocaba en la rue Alexandre Dumas. Entre dos edificios nuevos, un poco retirada de la vereda, estaba la pensión del *chien traqué*. Por el vidrio vio a un tipo de cabeza rapada que se limpiaba las uñas con un cuchillo de cocina. En la otra cuadra seguía abierto el bar donde se había refugiado de la tormenta el día de su entierro. Así como él lo eligió para ocultarse, estaba seguro de que también su asesino lo esperaría allí. Dio un rodeo y pasó de nuevo con la luz apagada. Lo imaginaba acodado en una mesa, bostezando, con una automática disimulada en el diario doblado. Para cubrirlo habría segundones en las mesas del fondo, y en caso de que las cosas se complicaran el patrón le dispararía con una escopeta de caño recortado. Si fracasaban vendrían otros y luego le mandarían la caballería de John Wayne. Paró en la oscuridad para acomodar al prócer que se resbalaba del caño, y miró por la vidriera. Vio a unos pocos taxiboys y una vieja que arreglaba el precio de las prostitutas. No habían llegado todavía o estaban en la pensión. A Carré le habría gustado aparecerse de golpe con todos los suyos: Colt el Justiciero, Kit Carson, el Corto Maltés y los otros. Pero ahora trabajaban para Disney, marcaban tarjeta y tiraban cartuchos de pólvora blanca.

Empujó la bicicleta y se alejó por una callejuela

de borrachos que tomaban cerveza en la vereda mientras el dueño bajaba las cortinas del bar. Entró al bulevar y a lo lejos distinguió las cúpulas sombrías que asomaban por encima de los paredones del Père Lachaîse. Ardía de ganas de verse. Quería mostrarle al prócer su vieja cara, la verdadera. Puso el cambio para hacer más llevadera la subida y pedaleó entre florerías cerradas. Pasó frente a las santerías y los zaguanes de los artesanos que labraban crucifijos y tallaban madonas de imitación. Por un camino arbolado apareció un camión de la municipalidad repleto de coronas marchitas y ataúdes deshechos. Carré vio el portón abierto y una luz que se desplazaba entre las ramas desnudas. Pedaleó con todas sus fuerzas y a medida que se acercaba oyó música de guitarras y una voz rabiosa que cantaba en inglés. El servicio nocturno estaba removiendo las sepulturas sin parientes y unos tipos vestidos de verde acarreaban pilas de huesos para la fosa común. Esperó que se alejaran y se metió por un sendero negro, guiado por los faroles de los que acampaban frente a Jim Morrison. Una chica punteó una introducción desafinada y entonó el verso que Carré había escuchado tantas veces: *Éste es el fin, mi hermoso amigo./Éste es el fin, mi único amigo.* Dobló a espaldas de Chopin, saludó a Balzac y se internó entre las acacias. El prócer se bamboleaba sobre el cuadro de la bicicleta y acompañaba los lamentos de la chica: *El fin de la risa y las dulces mentiras /el fin de las noches en que habíamos querido morir*. También Carré murmuraba la canción al rodear la tumba de Oscar Wilde pero guardó silencio al distinguir su estatua al otro lado de la calle. Echó un pie a tierra y tomó al prócer de la cintura mientras dejaba caer la bicicleta. "Ése soy yo", le dijo, inseguro, y lo sentó en la tumba de al lado. Colgó las máscaras en el ala de un querubín y se miró como si estuviera frente al espejo. La luna pulía los ojos del busto y resaltaba el cabello peinado para siempre. Su nombre seguía en la lápida y al acercarse para leerlo contaba los apurados latidos de su corazón. Nadie había arrancado los tallos secos del cantero ni limpiado los rastros de los pájaros. El gato seguía acostado sobre los relieves del mármol. Carré le acarició la cabeza y fue a sentarse junto al prócer. Encendió un cigarrillo y escuchó la canción de Morrison que tronaba por todo el cementerio. Pensó que en ninguna parte encontraría un refugio más seguro. Y el prócer necesitaba descansar de una buena vez. "He visto amaneceres de sangre...", lo oyó decir. Tal vez a solas le revelaría los secretos de su vida y entonces comprendería por qué los habían entregado. Tenía pilas nuevas y muchas historias que contar. Carré levantó la mirada sobre las copas de los árboles y adivinó el reflejo de la luna entre las nubes. Tiró el cigarrillo y fue a abrir la puerta de la bóveda. Estaba oscura y vacía como el vientre de una ballena. Se alumbró con una vela, prendió un fuego de hojas secas, y volvió a buscar al prócer que cantaba las últimas estrofas del *The End*.

Composición láser: Daniel J. Galst

Esta edición de 22.000 ejemplares
se terminó de imprimir en
Indugraf S.A.,
Sánchez de Loria 2251, Bs. As.,
en el mes de noviembre de 1992.